AF299880

LA CLOVISIADE,

POËME ÉPIQUE

EN VINGT-QUATRE CHANTS,

PAR DARODES LILEBONNE.

Je ne reconnais pas d'autres distinctions ni d'autre noblesse que celle des talents et des vertus.

9ᵉ Livraison.

PRIX : 50 CENT.

TOME SECOND. — DEUXIÈME ÉDITION.

PARIS.

IMPRIMERIE DE BÉTHUNE, RUE PALATINE,
Nº 5, PRÈS SAINT-SULPICE.

1830.

LA CLOVISIADE.

CHANT SEIZIÈME.

AVANT-PROPOS

Des critiques injustes ayant été faites contre le plan de cet ouvrage, qu'il me soit permis de les réfuter en passant. La conversion de Clovis étant l'action épique, elle doit être nécessairement la cause d'une lutte entre les principaux personnages de cette époque. Tout repose sur lui. C'est le puissant Atlas soutenant le Ciel sur ses épaules; c'est le géant Encelade qui ébranle tout dès qu'il se remue. Tout se déclare pour ou contre lui. D'un côté, Clotilde, Amadis, l'armée des Francs, saint Vast et les chrétiens sont pour la conversion du roi; de l'autre, les Druides, en tête desquels s'est placée Velléda, veulent empêcher ce prince de renoncer au culte de ses pères, tandis que, hors du royaume, Aglaia, veuve de Syagrius, excite les rois de Germanie à envahir le royaume de Clovis, meurtrier de son époux, à y établir le culte des divinités de Rome et d'Athènes, et à lui rendre ses états. Que doivent faire tous ces différents personnages dans cet état de choses? Que doivent faire Clotilde, Amadis, l'armée, saint Vast et les chrétiens? Les uns prier, conseiller; les autres combattre et mourir, s'il le faut, pour la cause du

roi. C'est ce qui a lieu durant tout le cours du poëme.
Ils sont donc tels qu'ils doivent être.

Que doit faire Velléda, prêtresse de Teutatès et
amante de Clovis, pour parvenir à ses fins. Que doivent exécuter les druïdes de concert avec elle? Faire
périr ou du moins proscrire Clotilde, leur ennemie,
soulever l'armée, et s'ils échouent, opérer une révolution en France à la faveur de laquelle ils puissent
rétablir l'ancien culte, forcer Clovis, par serment,
à le protéger, à expulser les chrétiens, à partager
son trône avec Velléda et avec eux son autorité. C'est
de ce plan, qui est le leur et qu'ils exécutent en partie,
que naissent cette foule d'événements et de situations touchantes dans la personne de Clotilde et des
autres personnages. Les tentatives sur l'armée ayant
échoué, on attaque cette belle reine avec un acharnement et une persévérance infatigable sur terre et
sur mer, d'abord en la plaçant, à Lutèce, dans des
situations théâtrales entre Amadis dont elle est ai-
mée, les druïdes, Velléda et son époux qui l'accu-
sent d'adultère, saint Vast et les chrétiens qui font des
vœux pour elle ; 2° en la forçant, par une révolution, de quitter son palais, d'abandonner la France,
de se réfugier en Angleterre, etc., etc., situations
qui la mettent continuellement entre la vie et la
mort, soit en la faisant monter sur un bucher, ou
en la plaçant sous la hache des bourreaux, soit en
l'exposant à la fureur des vents et des ondes, et à
tout ce que peuvent inventer de plus noir la malice

des hommes et la rage des enfers déchaînés ; épreuves terribles que lui font subir non les caprices du poète, mais la haine de ses ennemis et la force des événemens, et dont elle ne sort victorieuse comme la mine du creuset que par une vertu suréminente et par une protection spéciale de l'Éternel. Ce n'est donc ni le hasard, ni la bizarrerie d'une muse effrénée qui produit les infortunes de la reine, ainsi que l'acharnement de la prêtresse et des prêtres gaulois. C'est le résultat des passions respectives des uns et des autres, la juste combinaison des causes et des effets, l'ébranlement nécessaire produit par le levier. Ce levier principal qui met tous les autres en mouvement est la conversion du roi. Il est évident que l'unité d'action est exactement et constamment observée.

Il en sera de même de la révolution druïdique. Elle a son principe dans la haine des chrétiens et dans la crainte que Clovis n'embrasse leur religion. Les démarches d'Aglaia auprès des rois confédérés, ses projets, ses enchantements, et tout ce qu'elle exécute de concert avec ces mêmes rois contre Clovis et son armée, ont dans la cause première une source semblable ; la colère des dieux et le rétablissement de leur culte, occasion et prétexte qui servent admirablement l'ambition des rois et de l'enchanteresse contre le conquérant des Gaules.

Ce prince, depuis qu'il a promis aux mânes de Cora d'abolir le sacrifice des victimes humaines, est toujours dans l'hésitation. Il balance entre Jésus et Teutatès ; il ne sait à quoi se résoudre. Si d'un côté les paroles de saint Vast, les conseils de sainte Geneviève, les prières de son épouse, ses vertus et les prodiges opérés en sa faveur le font pencher pour le Dieu des chrétiens ; de l'autre, la colère des dieux francs et gaulois qu'appréhende son esprit superstitieux, la puissance de Velléda et des druïdes, le soulèvement des peuples, la ligue des rois dont il est menacé, le retiennent dans sa funeste idolâtrie. Toutefois le moment semble être arrivé où le Dieu des cœurs va triompher de toutes ses résistances. Une apologie des quatre principales religions de cette époque est faite à Rheims en sa présence, et son illustre épouse est l'orateur du christianisme. Il paroît touché, mais la grâce ne fait qu'effleurer son cœur, et les espérances de Clotilde et de saint Remi s'évanouissent devant les menaces de Belzébuth.

Ce ne sera qu'après des malheurs inouis arrivés par son endurcissement à Clotilde loin de Lutèce, aux autres personnages en divers lieux et à son armée dans les plaines de Tolbiac, qu'il se courbera sous le joug de la Croix.

On voit par ce qui vient d'être dit qu'il n'y a aucun événement ni personnage principal qui ne fasse partie intégrante et nécessaire de l'action. Dès-lors ce qui dépend de ceux-ci est lié à celle-là par enchaînement. Or les événements épisodiques et les personnages en seconde, troisième et quatrième ligne dépendent des principaux et sont à ceux-ci ce que sont aux grosses branches d'un bel arbre les ramifications innombrables qui les couronnent. Donc ces événements et ces personnages sont nécessaires à l'action, ne fussent que pour la variété et l'embellissement, seul but des épisodes. Cette contexture ne laisse rien à désirer, et il nous semble que ce plan dans lequel tous les acteurs sont toujours en situation et dont les efforts, par des chemins opposés, n'aboutissent, dans l'espace de trente jours par l'influence de la cause surnaturelle, qu'à la conversion du roi, est, s'il nous est permis de le dire, le plus vaste, le plus merveilleux, le plus dramatique et le plus régulier qui ait encore paru en France. Ce qui est indubitable, il est basé sur l'intérêt. Certainement il est impossible qu'un ouvrage dont chaque chant place ses héros dans des situations toujours dramatiques et toujours nouvelles n'excite pas la curiosité et l'intérêt des lecteurs au plus haut degré et ne soit pas lu avec avidité, fût-il encore plus étendu. Qu'importe alors que ce poëme soit le plus long pour le nombre des vers si l'intérêt le fait paraître le plus court. Après tout, pour les proportions et la beauté, c'est un Jupiter de Phidias et non un Doryphore de Polyclète, la construction d'un vaste palais et non d'une maisonnette, la création d'un monde poétique et non d'une bourgade que nous voulons offrir aux regards des connaisseurs (1). Quoi qu'en puissent

(1) Toutefois il faut en convenir, il s'est glissé dans le style une foul

dire quelques littérateurs obscurs et jaloux, les seuls personnages de Clovis et de Clotilde, regardés à la fois comme les plus épiques et les plus tragiques qui aient jamais existé, ouvriroient à son auteur les portes du temple de l'immortalité. Que sera-ce si on y joint les caractères des druïdes, de Velléda, d'Aglaia, d'Amadis, de Trémnor, d'Emma, de Galaor, de Thomiris, de saint Vast, de sainte Geneviève, de saint Remi, de Torval, et ceux plus élevés et non moins énergiques des puissances célestes et des puissances infernales. Après tout, au suffrage de madame Dauriat se joignent de tous côtés les suffrages d'hommes éminents en autorité, en esprit et en savoir, propres à faire taire l'envie et à la couvrir de confusion ; personnages distingués parmi lesquels on remarque des pairs de France, des députés, des généraux, des inspecteurs de l'université, des gens de lettres, des avocats, des acteurs et des artistes célèbres et surtout un sexe renommé par ses grâces et par le sentiment

de fautes typographiques, et d'autres qu'on ne peut attribuer qu'à l'auteur, telles que des vers faibles et négligés, des rimes trop rapprochées, des expressions trop souvent répétées ; l'insertion de plus de deux vers masculins ou féminins de suite, taches et inadvertances échappées dans le feu de la composition et que nous espérons faire disparaître dans la prochaine édition.

La loquacité qu'on reproche à quelques héros d'Homère qu'Horace accuse de sommeiller quelquefois, n'a pas empêché de regarder l'Iliade comme le plus beau monument de l'antiquité. Les fautes plus graves qu'on trouve dans l'Énéide et qui avaient déterminé son auteur à la livrer aux flammes, n'ont pu lui ôter le titre de prince des poètes latins que lui décerna son siècle et que lui confirme la postérité ; et le clinquant qui dépare le style de la Jérusalem lui a laissé assez d'éclat pour illustrer l'Italie.

exquis des convenances dont la nature l'a favorisé (1).
Que l'envie ourdisse dans l'ombre ses noirs complots,
elle pourra bien séduire quelques personnes ; mais
ceux qui commenceront de lire l'ouvrage l'achè-
veront à moins qu'ils ne soient aveuglés par la pré-
vention ou dénués de toute espèce de sensibilité.
C'est ce qu'attestent un grand nombre de lecteurs
de tout pays, de tout sexe, de tout âge, et de toutes
conditions, subjugués par mes héros, séduits par
mes enchanteresses, charmés par Thomiris, attendris par Emma, et ravis par la reine de France.

La dernière livraison sera suivie d'une analyse
raisonnée et comparée à celle des meilleurs épopées
anciennes et modernes où seront réfutées d'avance
toutes les objections qu'on pourrait faire contre le
plan et les personnages de ce poëme.

L'admiration et l'enthousiasme élevèrent des autels à Homère ; Virgile fut exalté par les Romains et
en reçut des honneurs extraordinaires tels qu'on n'en
rendait qu'à l'empereur ; le Tasse devait être couronné
et proclamé au Capitole, quelques jours avant sa mort,
le premier poète de son temps. Voilà ce qu'a fait
pour ces grands hommes leur siècle reconnaissant.
Que puis-je espérer du mien ? Je ne lui demande que
la justice qu'a droit d'attendre de ses contemporains
et particulièrement des Français l'auteur d'une épopée nationale non moins utile qu'agréable.

(1) Comment la lecture de cette épopée ne ferait-elle pas les délices
du beau sexe, tandis qu'elle célèbre dans mes héroïnes, et spécialement
dans les personnages de Clotilde et d'Emma, le triomphe complet de
ses charmes et de ses vertus.

ARGUMENT.

Palais et portrait d'Arimane. Invocation de Satan. Réponse du monstre. Conciliabule infernal. Paroles du Tout-Puissant. Alaric. Amadis.

LA CLOVISIADE,

OU LE TRIOMPHE

DU CHRISTIANISME EN FRANCE.

CHANT SEIZIÈME.

Il est un noir palais, centre des sombres bords,
Qu'embrasse en frémissant le royaume des morts,
Où l'âme dans le sein des nuits épouvantables
N'entend plus que des voix et des cris lamentables.
Point de corps; on y voit comme dans un miroir
L'horrible cruauté, le sombre désespoir,
Étalant de la mort les hideuses livrées,
Des formes par le temps à demi dévorées,
Des larves furieux, des colosses rampants,
Armés de fouets vengeurs, couronnés de serpents.

Plus loin, sous des forêts sombres et ténébreuses,
Ordinaire séjour des ombres malheureuses,
Sont des bouches sans voix et des yeux sans clarté,
Le silence, l'horreur et l'immobilité.
Là, du Ciel délaissée, habite la détresse;
Elle maudit les dieux qu'elle implore sans cesse:
Autour d'elle on croit voir des guerriers en courroux,

Entremêlés dans l'air se porter mille coups,
Les plaintives douleurs, un Océan de peines,
Le tableau déchirant des misères humaines.
La peur voit sous ses pieds dans des feux dévorants
Nager des millions de morts et de mourants.
Arimane au milieu des guerres intestines,
Des inondations, des pestes, des famines,
Sourit, prêt à lancer sur les tristes humains,
L'horrible explosion de ces feux souterrains,
Qui parmi des torrents de soufre et de fumée
Vomissent jusqu'aux Cieux une lave enflammée.
Il sourit à la guerre, au carnage, aux fureurs,
Aux plaintes des vaincus, à l'orgueil des vainqueurs ;
Les massacres écrits dans l'histoire du monde,
L'ivresse des méchants et leur haine profonde,
Les siècles reproduits dans leur férocité
Repassent sous ses yeux avec rapidité.
De mille nations les sanglantes images
Du temps à ses regards retracent les ravages,
Monde horrible qu'on voit dans ce brûlant palais
Naître, souffrir, mourir et renaître à jamais ;
Monde qui seul nourrit la fureur d'Arimane,
Se repaissant du mal dont sa vie est l'organe,
Et qui, tombé du Ciel au sortir du berceau,
Trouve dans ce bas lieu son éternel tombeau.

Ce monstre est le péché, l'effroyable génie
Qui des mondes heureux a détruit l'harmonie.
Sitôt qu'avec Satan, du Ciel précipité,
Il eût atteint des morts l'empire redouté,
Sous le poids accablant de montagnes brûlantes
Il fut enseveli. Ses fureurs impuissantes

De son cœur déchiré sont l'immortel bourreau.
Son sein, de tous ces monts volcanique berceau,
De leurs sommets ardents et couverts de fumée
Exhale vers les Cieux une lave enflammée;
Sous leur poids oppressé voulant briser ses fers,
Il ébranle souvent et la terre et les mers.
Centre de gravité de la folie humaine
Qu'à son gré sur ce globe il suscite, il déchaîne,
Exigu comme un point, menaçant à la fois,
Les Cieux, les éléments, les peuples et les rois,
Tel qu'un discours maudit lancé par l'anathême,
Aveugle, plein de rage, il se ronge lui-même,
Dans sa noire fureur grandit à volonté,
Et hors de sa prison sur nous précipité,
Verse dans tous les cœurs une flamme assassine,
Rebelle aux saintes lois de la bonté divine.
Ce monstre détestable est l'opposé du bien,
Seul il fait rien de tout comme Dieu tout de rien.

De son souffle empesté l'ardeur, la violence
Répandent ici-bas sa maligne influence,
S'opposent aux décrets de l'Être souverain
Et causent tous les maux du pâle genre humain.

Quelquefois ébranlant ces voûtes souterraines,
Pour châtier les rois le Ciel brise ses chaînes.
Alors, plein de fureur, cet ennemi de Dieu
Avec rapidité, sur des ailes de feu,
S'élève, et de son front qui soudain touche aux astres
Partent les traits brûlants, auteurs de nos désastres.

Malheur aux nations que, de nuire jaloux,
Ce monstre foule aux pieds dans son ardent courroux;

Son souffle impétueux, comparable aux tempêtes,
Des cèdres du Liban courbe et brise les têtes,
Et confond à jamais dans la nuit du malheur
Les cris de la vengeance et ceux de la douleur.

Autour de sa prison sont les brûlants abîmes
Où la main du Très-Haut précipite les crimes.

Là, parmi les damnés que dévore l'Enfer,
Descend pâle d'effroi l'antique Lucifer.
Autour de ces cachots, plein d'une ardeur cruelle,
Impérissable acteur d'une scène immortelle;
Intelligent, horrible, immuable à la fois,
Le désespoir crioit comme dix mille voix :
Malheur, éternité. — Puissant bourreau du crime,
Trésor du Dieu vengeur, ouvre-moi cet abîme;
J'y vais parler au Dieu trésor d'iniquité.
Tu ne me réponds rien ? — Malheur, éternité.
— Je vais t'ouvrir au monde une route certaine,
Livrer à ta fureur toute la race humaine;
Tu pourras t'élever sur la voûte des Cieux,
T'asseoir avec l'Enfer à la table des dieux.
Entre, je te convie au banquet d'Arimane,
C'est de moi, c'est de lui que ton pouvoir émane;
Ne me tourmente pas, mon fils, plus de courroux,
Plongeons dans cet abîme et réjouissons-nous.
— Malheur, éternité. A ces cris formidables
Une horrible rumeur, des concerts effroyables,
Les échos de l'Érèbe avec rapidité
Répètent à la fois : Malheur, éternité.
Ces lugubres accents de l'immuable sort
Pénètrent la prison du père de la mort.
Tel qu'un tigre éveillé par l'imprudente proie,

Sa tête se redresse; il en rugit de joie.
Satan, pour se glisser dans ce hideux séjour,
De sa noire enveloppe a fait trois fois le tour;
La porte en vain frémit. A des lois immortelles
Les gonds et les verroux sont demeurés fidèles.
Tranquilles, ils riaient des efforts de Satan
Et semblaient défier son pouvoir insultant.

Roi célèbre à jamais dans le monde passé,
O mon fils, s'écria Lucifer courroucé,
Arimane, l'effroi de la nature entière,
Du séjour de la mort écoute ma prière :
Si je ne puis te voir, si le tyran des Cieux,
Sous d'immortels verroux te renferme en ces lieux,
Si loin de ma présence éternisant ta vie,
Son immense pouvoir enchaîne ta furie;
Si tu ne peux, jaloux de venger tes enfants,
Les rendre par toi-même heureux et triomphants,
Tonne, enseigne-moi l'art d'allumer une guerre
Qui répande le deuil et l'effroi sur la terre ;
Si Jésus-Christ est mort pour sauver les mortels
Des effroyables feux des gouffres éternels,
S'il est venu combattre et vaincre ta puissance,
Rendons vaine aujourd'hui sa divine clémence,
Empêchons que ce culte ennemi des faux dieux,
Favorable aux humains ne leur ouvre les cieux.
Le sang de ses martyrs répandu pour sa gloire,
Cette foule de saints, gages de sa victoire,
Les peuples convertis, leurs autels renversés,
Nos oracles muets et nos dieux éclipsés
Ont changé, malgré nous, la face de la terre,
Et Clovis à nos dieux va déclarer la guerre.

Il s'élève déjà comme un feu dévorant,
Arrête dans son vol ce nouveau conquérant,
Soulève contre lui les Gaules et la France.
Montre-nous ce que peut ta maligne influence ;
Dans le sang des chrétiens retrempe ta fureur,
Que la terre frémisse et recule d'horreur.
Oppose à ce héros, à son armée altière,
Des Teutons et du Rhin l'imposante barrière ;
Que le Germain, chéri de ses dieux immortels,
Aux autels des chrétiens oppose ses autels ;
Que maudit, combattu du couchant à l'aurore,
Jésus soit éclipsé par les dieux qu'il abhorre,
Et que l'enfer triomphe et toi-même avec lui
Des chrétiens et d'un roi leur téméraire appui ;
Exauce mes désirs, et si je suis ton père,
Répand sur qui me hait les flots de ta colère.

A ce discours, suivi d'un silence profond,
D'une voix foudroyante Arimane répond :
Jaloux de renverser la puissance suprême,
Il proféra, dit-on, cet horrible blasphème
Cés accens inouis d'un dieu réprobateur :

Périsse l'univers, périsse son auteur,
Ce superbe tyran dont la haine immortelle
Me chasse et me poursuit dans la nuit éternelle.
Je saurai l'accomplir ce vœu digne de moi ;
O mon père, bientôt je ferai tout pour toi,
J'irai, je volerai dans ma haine profonde,
Et par mon seul aspect je détruirai le monde.
—Ah! ne renversez pas ce superbe univers,
J'ai besoin d'y régner sur des hommes pervers.

—Les méchans renaîtront de leur cendre fatale,
Tu régneras sur eux dans la cour infernale.
—Alors plus de vertu facile à tourmenter!
J'avais tant de plaisir à la persécuter,
A m'abreuver du sang des héros de la terre,
A susciter au monde une immortelle guerre!
—La vertu devant moi ne saurait subsister;
Mon essence est le mal, qui peut me résister? (1)
Ne suis-je pas du temps l'effroyable génie?
J'ai vu naître des cieux la pompeuse harmonie,
Des ombres du cahos je la vis s'élever,
Charmé de ses attraits je voulus l'enlever.
Je ne pus; de son front, la splendeur éthérée
M'éblouit. Sous l'éclat de sa robe azurée,
Le doux son de sa voix, sur d'immenses déserts,
Fit éclore les cieux et la terre et les mers. (2)
Ourania parut sans tunique et sans voiles.
Des mondes inconnus, d'innombrables étoiles,
Dont elle était le centre, écoutaient ses accents,
Et tournaient autour d'elle en cercles ravissans.
Ils l'écoutent encor. Sa rapide lumière
De l'air qui les unit pénétrant la barrière,
Répandit en tous lieux la vie et la splendeur.
Les êtres que saisit sa lumineuse ardeur
Tressaillirent de joie. Une subtile flamme
Les unit. Ce repos, ce doux besoin de l'âme,
Remontant vers son centre au céleste séjour,
Au sein d'Ourania fit éclore l'amour.
Hélas! depuis ce temps, Eros et l'harmonie,
Signalent contre moi leur audace impunie,
Vers le souverain bien, par d'immortels accords,
L'un pousse les esprits, l'autre attire les corps.

Mais lorsqu'à les sauver ce beau couple s'empresse,
Mon indomptable amour les entraîne sans cesse
Vers l'abîme éternel. Qu'ils y descendent tous,
Qu'Ourania périsse au bruit de mon courroux,
Que la terreur se lève et demande ses armes;
Que rebelle à son Dieu, plongé dans les alarmes,
L'univers ébranlé n'entende plus sa voix,
Abandonne la vie et rentre sous mes lois.

Interromps les concerts de l'antique harmonie,
Tu la retrouveras à la voûte infinie,
Sous le trône éclatant de l'ancien des jours.
Cours-y. L'effroi, la mort volant à ton secours,
La discorde et la nuit te couvrant de leurs ailes,
La précipiteront des voûtes immortelles.
Si tu ne peux la vaincre, ose au moins l'approcher
Il suffit que vers moi tu la fasses pencher.
Au bruit de ce combat, je briserai mes chaînes,
Et, porteur effrayant des misères humaines,
Dans la nuit, au milieu d'innombrables éclairs,
Mon esprit comme un Dieu saisira l'univers.
L'homme au polype alors portera mon tonnerre,
Le polype à la plante et la plante à la terre;
Dans mes embrassemens je l'anéantirai,
Ou, comme un vieux manteau, je la reformerai;
Je lui ferai du moins connaître ma puissance,
Je précipiterai les Germains sur la France.
On n'adorera plus Jésus crucifié,
Arimane en tous lieux sera glorifié,
Et pleins de mon esprit, tous verront apparaître
Le rival du Très-Haut, leur seigneur et leur maître.
Il a dit : recueilli par les noirs soupiraux,

Et centuplant l'ardeur des brasiers infernaux,
Son souffle, des damnés immortelles victimes,
Plongés par millions dans ces brûlants abîmes,
Rend les cris plus aigus, redouble les remords,
Communique à l'esprit le supplice des corps,
S'échappe vers les cieux en ébranlant la terre,
Aux sommets des volcans déroule son tonnerre,
Saisit l'homme féroce au milieu des forêts,
Et, gorgé de poisons, affamé de forfaits,
Pousse, armé d'un couteau, sur le vieillard timide,
Les yeux étincelants, l'horrible parricide,
Du superbe Océan épouvante les flots,
Médite la ruine, appelle les complots,
Réveille la tigresse et l'hyène sauvage,
Et répand la terreur de rivage en rivage.

Alors narguant le ciel avec un rire affreux,
Sur des bords embrasés, sur des ponts douloureux,
Formé du corps vivant des victimes humaines,
Satan passe au milieu des immortelles peines,
Et s'élance au sommet du feu réprobateur
Dans l'éternelle nuit, gouffre dévorateur,
Vomissant à grands flots ses laves bouillonnantes,
Sur les flancs ténébreux des montagnes brûlantes.

Sur ce trône enflammé, le monarque infernal
Convoque des démons le conseil général.
Avec le son du cor, à grand bruit confondue,
Sa formidable voix roule dans l'étendue,
Et, pénétrant d'horreur les abîmes profonds,
Du milieu des brasiers fait sortir les démons.
Autour de Lucifer en appareil de guerre
Ils se dressent ensemble au fracas du tonnerre,

Compagnons, leur dit-il, Arimane a parlé,
Le Ciel en a frémi; l'univers ébran'é
A tressailli d'effroi sur ses pôles antiques;
Vous avez entendu ses sublimes répliques,
Il veut l'anéantir ou le renouveler.
Sur le trône des airs prompts à vous assembler,
Au signal convenu pour qu'il brise ses chaînes
Et porte son esprit chez les races humaines,
Nous irons dans les Cieux combattre Harmonia,
Que les fils de Javan nommaient Ourania.
Mais avant que la croix sur le juste appuyée
Abandonnant le sol de la Gaule effrayée,
Ne tombe et que son chef relevant nos autels
Nous fasse avec le glaive adorer des mortels,
Faut-il de l'univers appesantir les chaînes,
Nous enivrer du sang des victimes humaines,
Narguer Adonaï de nos succès jaloux?
Colonnes de l'Enfer, que nous conseillez-vous?
Mammon se lève alors; cet esprit de ténèbres,
Père de l'or, du luxe et des villes célèbres,
Étale à son cou noir un métal précieux
Et l'or de sa couronne éblouit tous les yeux.

Dieux puissants de l'Érèbe, oracles de la terre,
Qui ne marchez jamais sans glaive ni tonnerre,
Résolus d'envahir, d'enchaîner l'univers,
Vous vous liguez, dit-on, pour lui donner des fers;
Il n'en est pas besoin. Seul je veux le réduire.
Reposez-vous sur moi du soin de le séduire.
Je possède pour plaire un talisman vainqueur,
Éloquent sans parole, il captive le cœur;
Il sourit au jeune homme, il subjugue, il enchante

Et le vieillard coupable et la vierge innocente ,
Et l'épouse naïve et l'altière beauté ,
Et le sage, envieux de l'immortalité.
Avec l'or et l'argent mon pouvoir est sublime :
J'avilis la sagesse et j'ennoblis le crime,
Je place l'ignorance au milieu d'un palais,
Je donne de l'esprit à qui n'en eut jamais,
J'embellis la laideur, je lui donne du lustre ,
D'un homme sans talent je fais un homme illustre ;
La piété pour nous abandonne les Cieux ,
Et l'impie avec moi se place au rang des dieux.
Cet or que des tombeaux arracha l'avarice ,
A la fois ses amours, sa vie et son supplice ,
Devenu dans nos mains un instrument fatal ,
Des maux du genre humain donnera le signal ;
De l'esclave avec l'or je briserai la chaîne ,
J'achèterai des rois la faveur ou la haine ,
Seul je muselerai les peuples en courroux ;
A ma voix, si je veux, ils se lèveront tous :
De bataillons poudreux je couvrirai la terre
Et répandrai partout la discorde et la guerre.
L'or, ce levier propice aux fières passions ,
Ébranlant à la fois toutes les nations ,
Contre le Christ, effroi de ces voûtes profondes,
Demain sans point d'appui soulèvera lés mondes.

Il a dit, et Moloch de Lucifer jaloux
Se lève étincelant d'audace et de courroux ,
Et le front couronné de feux impérissables,
Vocifère en jetant des regards effroyables :

Pour braver l'Éternel , je n'ai pas besoin d'or,
S'il le faut, contre lui , je vais combattre encor ;

Et n'est-ce pas moi seul qui possède la gloire
D'avoir pu quelque temps balancer la victoire,
Quand, jaloux de punir ce vainqueur insolent,
Jadis mon dard aigu se plongea dans son flanc ?
Si l'on m'eût secondé, mon courage l'atteste,
Nous serions tous debout sur la voûte céleste ;
Nous aurions évité les traits lancés par lui.
Votre immortel courroux me prêtant son appui,
J'eusse opposé ma foudre à sa foudre suprême,
Sur son trône éternel, j'eusse attaqué Dieu même.
Intrépides, unis, bien loin de reculer,
Anges, n'en doutez pas, nous l'aurions fait trembler.
Mais s'il nous a vaincus, nous avons l'espérance,
Le désir, le moyen de braver sa puissance,
D'arracher aux douceurs de l'immortalité
L'homme que de son sang le Christ a racheté.
Osons au nom du Ciel affamé de victimes
Approuver tous les maux, commander tous les crimes,
Applaudissant aux vœux du stupide égaré,
Égorgeons l'insolence avec un fer sacré,
Par des chemins fleuris conduisons au supplice
L'insensé qu'a séduit notre insigne malice ;
Qu'il marche sous nos lois d'un pas audacieux
Et descende aux Enfers croyant aller aux Cieux.
Imitez-moi. Partout sur des rives lointaines
On m'a sacrifié des victimes humaines,
Adoré dans Raba, sur les bords de l'Arnon,
Dans la Gaule, en tous lieux je me suis fait un nom.
Des rives du Bœtis aux champs de l'Ionie
J'ai fait de mes fureurs adorer le génie.
J'ai vu du Nord au Sud aux pieds de mes autels
Tomber en frémissant les coupables mortels,

Angles, Celtes, Germains adorent ma puissance;
Osons sur l'univers signaler ma vengeance,
Lancer de toutes parts les traits de ma fureur.
Tremblez, humains, je suis le dieu de la terreur.
Ainsi parle Moloch; son regard est farouche,
Et des feux dévorants s'exhalent de sa bouche.

Alors, tout embrasé de l'infernal amour
Que protège la nuit et qu'abhorre le jour,
Astarté qu'a saisi la flamme vengeresse
Ose faire éclater sa lascive tendresse.

Amour, dit-il, amour dont j'aime les tourments,
Puisque Dieu se refuse à mes embrassements,
De tes feux réprouvés brûlons la créature;
N'es-tu pas le lien, l'âme de la nature !
A ton pouvoir suprême enchaînons l'univers,
Qu'il ait un avant-goût du charme des Enfers.
De suaves ardeurs font savourer le crime;
L'amour avec plaisir s'enfonce dans l'abîme,
Lutte avec la douleur, se rit des coups du sort
Et par delà le temps triomphe de la mort.
C'est moi qui l'ai porté sur la terre habitable,
Par lui seul je possède un sceptre impérissable,
Et tandis que des dieux on abat les autels,
Seul je reçois l'encens des superbes mortels.
Quel homme a jusqu'ici méconnu ma puissance?
Tel me blâme tout haut qui m'adore en silence.
Vainement on voudrait se soustraire à ma loi :
Il n'est rien de si doux, rien de si fort que moi.
A mon gré, je dispense et la paix et la guerre,
Et j'enchaîne à mon char les maîtres de la terre.

La mer calme ses flots. Je règne au sein des bois.
Dans-les champs, sur les monts tout renaît à ma voix.
Je souris, l'hiver fuit; j'arrive, la nature
S'éveille avec transport et reprend ma ceinture,
Son diadème d'or, un air doux, un front pur,
Son manteau de verdure et son voile d'azur.
Aux astres éblouis et rangés autour d'elle,
Elle montre en riant sa parure nouvelle,
Et reçoit leur salut, belle de majesté,
D'innocence, d'amour et de suavité.
Qu'un instant je m'éloigne, elle languit, soupire,
Et sur un lit de mort s'étend, frémit, expire.

Centre des voluptés, cause de tous les maux,
Je puis sur les humains rassembler les fléaux,
Tout m'obéit. D'Adam j'abattis la puissance :
Il ne dut qu'à l'amour sa désobéissance.
Du déluge en courroux les flots dévastateurs
Noyèrent les géants, mes fiers adorateurs.
Dans Sodôme, autrefois célèbre par ses crimes,
Le feu vengeur du Ciel dévora mes victimes.
En tout temps, en tout lieu, j'ai dompté les mortels.
Interrogez plutôt les gouffres éternels,
Ils vous raconteront ma gloire et ma puissance,
Quel mal j'ai fait au monde, à l'Europe, à la France;
Ils vous signaleront le pouvoir du venin
Que j'ai mis dans les yeux du sexe féminin;
Ce que j'exécutai je puis le faire encore,
La femme règnera du couchant à l'aurore,
J'armerai ses beaux yeux de mes traits les plus doux,
Et le crucifié tombera sous mes coups.
De son culte odieux j'affranchirai le monde.

Tandis qu'en Germanie Aglaia me seconde,
Velléda va charmer le farouche Clovis,
Et pour vaincre Clotilde il suffit d'Amadis.

A ces mots, revêtu de formes séduisantes,
Son carquois est garni de flèches dévorantes,
Et son regard lascif, joint aux feux de Vénus,
Ceux de l'Amour voguant sur les flots du Cydnus.

Aussitôt Bélial, démon de l'anarchie,
De qui l'âme superbe est du joug affranchie,
Se lève plein d'audace et de férocité.
Sur les vagues de feu ce colosse indompté
Étend ses mille bras, précurseurs des tempêtes,
Et de son cou hideux redresse les cent têtes.
Là, sous des yeux de flamme, égal nombre de voix
De leurs gosiers impurs s'échappent à la fois,
Et répètent ensemble aux éclats du tonnerre :
Guerre au tyran des Cieux, aux maîtres de la terre.
Mais contre un vil néant, pourquoi tant de courroux ?
A quoi bon tant d'efforts ? pour qu'ils périssent tous
L'enfer n'a pas besoin de sa fureur extrême,
Pour perdre la folie, il suffit d'elle-même.
Qu'ils se livrent en paix à leurs mauvais penchants,
Et de bons, s'il en est, ils deviendront méchants.
Disons-leur qu'il n'est point de vertus ni de vices,
Que le Ciel des chrétiens, l'Enfer et ses supplices,
Par la fable inventés, ne sont que de vains mots
Pour séduire le simple et se moquer des sots.
Disons-leur qu'ici-bas il n'est qu'une sagesse,
C'est de vivre sans frein, de mourir sans faiblesse ;
Que l'homme, égal aux dieux, est son maître ici-bas,

Méprise les tyrans et nargue le trépas ;
Que libre dans ses goûts, volage en ses caprices,
Il est né pour jouir, vivre dans les délices ;
Que sa vaillante épée est l'oracle du sort,
La terreur du plus faible et l'espoir du plus fort ;
Qu'il a pour triompher le courage et l'adresse,
Pour charmer ses ennuis, la gloire enchanteresse ;
Pour règle, son plaisir, la loi du mécréant ;
Pour refuge, la mort ; pour tombeau, le néant.

Qu'arborant avec nous l'étendard de la guerre,
Il blasphème le Ciel en passant sur la terre.
Plus de rois, vil troupeau trop long-temps épargné,
La Gaule sera libre et Clovis a régné.
Ainsi dit Bélial. Et tandis qu'il achève,
Rempli de gravité, Béelzébuth se lève ;
Tel qu'un roi malheureux, déchu par un affront,
Les travaux, les soucis ont sillonné son front.
On dirait qu'en lui-même il discute, il balance
Les revers, les succès, les destins de la France.
On distingue à travers ses traits défigurés,
Parmi ses noirs desseins du vulgaire ignorés,
Avec l'iniquité qui sourit et conspire
La majesté, l'éclat, les conseils d'un empire.
Puissances de l'Enfer, leur dit-il en courroux,
A quoi bon ces discours et que prétendez-vous ?
On méprise les rois et leur brillant cortège,
On maudit les tyrans, et moi je les protège ;
Il en faut à la terre, aux peuples insensés.
Avant que d'obéir leurs fils se soient lassés,
Sachons les façonner au joug de l'esclavage ;
Qu'ils fassent de la vie un dur apprentissage.

L'homme, esclave orgueilleux de sa fidélité,
N'est point mur pour la gloire et pour la liberté.
Sur la terre des Francs, un jour viendra peut-être
Que cet ours déchaîné dévorera son maître,
Se croira libre, heureux, déçu par des flatteurs,
Et sera dévoré par ses agitateurs.

Jusqu'alors profitons, rions de sa souffrance,
Exploitons pour l'Enfer sa stupide ignorance.
Ses fers appesantis entrent dans notre plan,
Écrasons de leur poids ce bipède insolent.
Armons des feux du ciel l'orgueilleux despotisme;
Que sa foudre à la main, le dieu du fanatisme,
Moloch, suive nos pas. L'Olympe radieux
Aux mortels de nouveau révèlera ses dieux.
Pour la séduire encor, la terre veut un sage,
Alaric est celui que mon œil envisage.
Il abhorre Jésus; ce prince est arien,
Du monde et de l'Enfer il sera le lien.
Aidons-le à terrasser le farouche Clovis,
A s'asseoir triomphant sur le trône des lis.
L'Antechrist sortira de la Septimanie,
Vous lui prodiguerez votre infernal génie,
Et des peuples conquis ce prince intercesseur,
Des dieux réintégrés sera le précurseur.

Il dit, et les démons, pensant tenir leur proie,
Par des cris forcenés font éclater leur joie;
Trois fois, mêlant sa foudre à de longs hurlements,
La voûte a répété leurs applaudissements,
Et l'abîme altéré de la fournaise ardente
Redouble en mugissant sa flamme dévorante.

Il suffit, dit alors le monarque infernal,
Courons de l'incendie allumer le fanal.
Tandis que Belzébuth, plein d'une noble audace,
Va joindre au camp des Goths l'effet à la menace,
Moloch et Bélial iront au nom des dieux
Soulever de Paris le peuple factieux.
Astarté de Clotilde ira dompter la force,
Environner son cœur d'une trompeuse amorce,
Séduire ce bel ange ; et nous au camp des rois
Encourageant Tremnor à de nouveaux exploits,
Sur le fleuve du Rhin, sentinelle imposante,
Nous attendrons en paix qu'une voix éclatante
D'Arimane en courroux nous donne le signal.
Aux funèbres lueurs d'un magique fanal,
Des bouts de l'univers, partis comme la foudre,
Pour attaquer la Croix et la réduire en poudre,
Au sommet du Mont-Blanc nous nous réunirons ;
Géants audacieux, nous escaladerons,
A travers le bruit sourd des plages vaporeuses,
Les sublimes remparts des voûtes lumineuses ;
Ces palais enchantés où règne Harmonia,
La fille du Très-Haut, la belle Ourania.
Puissions-nous, élevés au-dessus des étoiles,
Emprunter de la nuit les pacifiques voiles,
Suspendre de sa voix les sublimes concerts,
Interrompre ses chants par le chant des Enfers,
La troubler, et, du haut de la céleste cime,
L'attirer, l'engloutir dans les feux de l'abîme.
Puissent, en même temps, les astres éclater,
Les Cieux s'ouvrir sur elle et se précipiter,
Notre grand ennemi voir périr son ouvrage,
Et du feu d'Arimane alimenter la rage.

Si tout n'est renversé, Jéhova, dieu jaloux,
Les rois triompheront et les dieux avec nous ;
Et sur de vils chrétiens, jouets de ma vengeance,
Échoûront ta sagesse et ton pouvoir immense.
Rentre dans les déserts de ton éternité ;
C'est en vain que par toi l'homme fut racheté :
Placé dans mon empire et sous ma dépendance,
Il est depuis Adam le prix de ma vaillance.
Où sont tous les mortels créés, sauvés par toi,
Les peuples infinis, transgresseurs de ta loi ?
Qu'en as-tu retiré ? Qu'ont-ils fait pour te plaire ?
Pour éviter les traits de ta juste colère ?
Ils ont tous mieux aimé s'engloutir avec moi,
Souffrir avec Satan que régner avec toi.

Il a dit, et de feux une montagne immense
S'incline sur son front, roule, gronde, s'avance,
Tombe, écrase à grand bruit ces géants demi-dieux,
Et ce discours sublime a tonné dans les cieux :

Qui des esprits du Ciel, autrefois ta patrie,
Oses-tu blasphémer, dans ta vaine furie,
Maudire et menacer de ton frêle pouvoir ?
Le Saint des saints. Tandis que l'étoile du soir
Brille au front de la nuit et que tu gis sous l'herbe,
Insensé, contre qui ton front, ta voix superbe
Se sont-ils insurgés ? De la poudre du char
Sur qui s'est élevé ton orgueilleux regard ?
Sur le Très-Haut. Du fond du gouffre tumulaire
Vers qui s'ose élancer ta débile colère ?
Vers celui qui d'un mot t'a sorti du néant.
Le ténébreux atôme insulte au Tout-Puissant. (3)

Tu dis dans ton orgueil (4) : Je suis le roi des anges,
Seul j'escaladerai, suivi de mes phalanges,
Les forêts du Carmel, les cèdres du Liban,
Les sommets de l'Athos, les hauteurs du Mont-Blanc;
J'absorberai la nue. Au son de mes trompettes
Sous mes pieds s'enfuiront la foudre et les tempêtes.
Les mondes inclinés passeront devant moi,
Les astres éblouis m'appelleront leur roi.
Je placerai mon trône au-dessus des étoiles,
A l'antique univers j'apparaîtrai sans voiles;
Je le ferai sécher d'un regard menaçant
Et j'anéantirai l'œuvre du Tout-Puissant.

Misérables esprits, jouets de ma sagesse,
Qui jamais égala votre orgueilleuse ivresse !
L'un se croit la terreur de tous les potentats,
Le maître de la terre et le dieu des combats;
L'autre usurpe l'attrait cher à ma créature,
Cet amour dont j'ai fait l'âme de la nature,
Et qui seul dans les Cieux, sur la terre et les mers,
Atteste ma présence et soutient l'univers.

Lâche ennemi du juste, effroi de ses ancêtres,
Qui t'arroges un droit sur l'océan des êtres,
Ces charmes dont j'ai seul pris soin de les parer,
Pour sanctifier l'homme et m'en faire adorer.
Tu n'inspiras jamais dans ta folle jactance
Que ce qui t'appartient : la désobéissance,
Le mensonge, l'orgueil, la révolte à mes lois.
Tout s'engendre, tout meurt, tout renaît à ma voix.
Tu n'as sur le méchant d'autre pouvoir suprême
Que celui qu'en son âme il t'accorde lui-même.

Tu ne fais que l'aider à se perdre à jamais.
S'arment-ils contre moi de mes propres bienfaits,
Ils le doivent bien plus, de vains plaisirs avides,
A leurs goûts dépravés, qu'à tes conseils perfides,
Et sont tous à mes yeux, par le vice abrutis,
Moindres que le néant dont je les ai sortis.

Ces damnés pleins d'horreur pour ta noire malice
De ma perte à jamais font leur plus grand supplice,
Et celui que mon sang vient de justifier
Suffirait dans le Ciel pour me glorifier,
Sans y joindre les Saints et les millions d'Anges
Qui dans l'éternité célèbrent mes louanges,
Plutôt que des objets de malédiction
Rebelles à la fin de leur création.
Des cachots éternels où ma justice veille,
Ta jactance a monté jusques à mon oreille.
Sors de cette fournaise où t'a lancé mon bras;
Sans cesse accompagné des horreurs du trépas,
Cours à l'Ange du Ciel disputer la victoire,
Poursuis tes noirs desseins, il y va de ma gloire.
Dès qu'il en sera temps, un mot va t'arrêter,
T'assujétir au frein, te museler, dompter,
Te rejeter aux lieux et dans la même place
D'où pour braver mes lois s'échappe ton audace.

A cette voix du Ciel, des gouffres infernaux,
Semblables à l'airain rougi dans les fournaux,
Les démons revêtus, pénétrés de ces flammes
Qui tourmentent les corps et dévorent les âmes,
S'élèvent en tumulte, obscurcissent les airs,
Apportent aux humains la terreur des Enfers,

La tristesse, le deuil, la discorde et la guerre,
Se montrent aux lueurs, aux éclats du tonnerre,
Et, bourreaux immortels, sinistres légions,
Se jettent sur leur proie ainsi que des lions.

Jaloux de signaler sa terrible puissance,
Sur le camp d'Alaric Béelzébut s'élance.
Sous sa tente couché, ce prince, orgueil des Goths,
Dans les bras du sommeil cherche en vain le repos ;
Clovis était absent. Vers la naissante aurore,
Il rêvait à sa gloire, et vers Durocortore
Il dirigeait ses pas. Prompt à voler au mal,
Béelzébut accourt. Cet esprit infernal
Descend sur Alaric du sommet de la nue,
Dans le fond de son cœur le monstre s'insinue
Et s'incorpore en lui. La tristesse, l'horreur,
Le venin de l'aspic et sa noire fureur,
De funèbres tableaux, une vapeur sanglante,
Une froide sueur, la crainte, l'épouvante
Ont parcouru vingt fois ses membres oppressés ;
Pâle, saisi d'effroi, les cheveux hérissés,
Il s'éveille en sursaut. Son confident aimable
S'avance. Cher Ephrem, quel songe épouvantable !
Qu'ai-je vu, lui dit-il, quels horribles combats....
Ah ! j'ai cru de sa main recevoir le trépas.
Au milieu des héros qu'excitait mon courage,
Comme un tigre affamé de sang et de carnage,
Clovis (j'étais alors tombé de mon coursier),
Me plongeait dans le flanc son homicide acier.
Mon âme, en soupirant, sur les rivages sombres,
Allait se reposer parmi les pâles ombres.
J'expirais, le réveil a fini mon tourment.

Est-ce un avis du Ciel, est-ce un pressentiment
De l'effroyable mort qui plane sur ma tête ?
Je n'en saurai douter. Conjurons la tempête.
Immolons à ma crainte, à mon orgueil blessé
Ce farouche ennemi de ma gloire offensé ;
Il inspire à mon cœur la plus noire des haines,
Quand je le vois mon sang bouillonne dans mes veines ;
Qui me délivrera d'un rival odieux !
Nous ne saurions ensemble habiter sous les Cieux.
Ma mort est son plaisir, sa vie est mon supplice.
Ciel, fais que je l'écrase ou bien que je périsse.

   A ces mots, son bel Ange aux célestes clartés,
Invisible à ses yeux, descend à ses côtés.

   Alaric, lui dit-il, dissimule ta peine,
Du farouche Clovis n'excite point la haine ;
Elle peut engager ce hardi conquérant
A te ravir le sceptre, à s'abreuver de sang.
La douceur obéit, le courroux parle en maître ;
Dans un songe effrayant l'Enfer t'a fait connaître,
Ce qui t'arrivera si, bravant ce guerrier,
Tu cherches, las de vivre, un dangereux laurier.
Rempart inexpugnable entre Lutèce et Rome,
Aspire, tu le dois, aux faveurs d'un tel homme.
Une colère aveugle égare les vainqueurs,
La bravoure éclairée est celle des grands cœurs ;
Heureux qui la possède, il règne sur la terre,
Et d'un rival superbe il brise le tonnerre.

   Il dit et Belzébut, colonne de l'Enfer,
Répond à ce discours par un sourire amer.

On t'abuse, dit-il, par un adroit mensonge,
C'est moi qui t'avertis par cet horrible songe,
Si tu ne veux du Ciel négliger les avis,
De prévenir ta mort par celle de Clovis.
Ainsi que le soleil, par sa clarté féconde,
Suffit au grand Esus pour éclairer le monde,
De même un seul monarque aux pacifiques lois
Doit régner sur les Goths, les Francs et les Gaulois.
Ce pays ne veut point d'un sceptre despotique,
Il abhorre Clovis et son joug tyrannique.
Règne sur un grand peuple à la hauteur des Cieux,
Rends-lui sa liberté, ses prêtres et ses dieux,
Chasse de tes états une secte rebelle,
Anéantis la Croix, ta gloire est immortelle.
— Comment dois-je m'y prendre et par où commencer?
— Pour vaincre ton rival, il faut le caresser,
Feindre à ses intérêts un dévoûment sublime,
Et la nuit, dans le piège, immoler la victime.
Il faut de son parti détacher Amadis
Ou le rendre suspect, odieux à Clovis.
Il a des ennemis que dévore l'envie,
Laisse-les obscurcir la gloire de sa vie;
Et tandis que les vents feront mugir les flots,
Sois l'appui, le conseil, l'âme de leurs complots.
Autorise en secret, en public désavoue,
Que ton cœur le maudisse et que ta voix le loue.
Par les chefs, à la fin, tu seras secondé,
S'ils ne peuvent le vaincre, il sera poignardé.
La mort de ce héros consternera la France;
L'armée en gémira, Clovis sans espérance
Descendra de son trône, et ce tigre en courroux.
Abandonné des siens, tombera sous tes coups.

Hâte-toi de monter, à ton bonheur fidèle,
Au comble de la gloire où l'Olympe t'appelle;
C'est toi-même aujourd'hui qui va fixer ton sort:
Il en est temps, choisis ou l'empire ou la mort.

A ces mots, dans son cœur la voix fallacieuse
A soufflé du démon la rage ambitieuse.
— Je suivrai tes avis, génie audacieux.
Tu l'entends; oui, telle est la volonté des dieux.
Poursuivons, cher Ephrem, notre noble entreprise;
Tu sais combien toujours mon âme en fut éprise.
Sigismond laisse voir ses secrets sentiments,
Confondons aujourd'hui nos fiers ressentiments.
J'ai pénétré son cœur comme l'œther les flammes;
La même intelligence unit les grandes âmes.
Jaloux de Galaor et du grand Amadis,
Il est ainsi que moi l'ennemi de Clovis.
Vante-lui mon pouvoir et mes droits sur la France,
Qu'il poursuive avec nous ses projets de vengeance;
Conjurons en secret, au prix de notre sang,
La perte d'Amadis et celle du tyran.
Soulevons les soldats, excitons la tempête
Et que le feu du Ciel éclate sur leur tête.
Ces mots à peine dits, Ephrem, fils de Raymond,
S'éloigne et va trouver l'orgueilleux Sigismond.
Ils concertent ensemble une ligue offensive,
Résolus, s'il le faut, d'ensanglanter la rive.
Des rapports, des bruits sourds circulent en tous lieux.
Deux mille conjurés jurent au nom des dieux
D'arracher Amadis à sa beauté chérie,
De rougir de son sang l'autel de la patrie.

Cependant Belzébut dans le camp de Clovis

Ne songe qu'à troubler le repos d'Amadis.
Il souffle dans le cœur des héros de l'armée
Sa folle ambition, sa rage envenimée.
L'indigne stratagème et les honteux détours ,
La malice au cœur noir volent à son secours,
Et, pour mieux réussir dans sa noire entreprise,
Il appelle l'envie à ses ordres soumise;
Déesse au regard louche, elle arrive à pas lents ,
Hâve, maigre , le front couronné de serpents.
Le sang coule à grands flots de sa bouche féroce ,
Le venin de l'aspic est sur sa langue atroce.
Dans l'ombre de la nuit ce monstre détesté
A rempli tout le camp de son souffle empesté;
Suivi de la fureur, sa compagne homicide,
Il marche sur les pas du soupçon qui le guide;
Celui-ci de Clotilde a charmé tous les cœurs
Et leur fait éprouver ses funestes rigueurs.
Soudain la sombre envie aux prunelles ardentes
Lance sur les guerriers ses vipères sanglantes ;
Le reptile irrité se glisse dans leur sein
Et jusqu'au fond du cœur lance son noir venin.
Les exploits d'Amadis , sa beauté , sa jeunesse ,
Cet amour qu'il ressent pour sa chère princesse,
La faveur de Clovis , la gloire de son nom ,
Tout dans l'obscurité fait grandir le soupçon.

On l'imagine heureux , on frémit, on soupire ,
On gémit en secret du bonheur qu'on désire,
Le cœur souffre accablé du mérite d'autrui;
Contre un mal qui le ronge , il invoque un appui
Et cherche à se venger du tourment qu'il endure
Sur l'objet innocent, cause de sa blessure.

La calomnie alors arrive à son secours,
La malice perfide aiguise ses discours,
Et dans un antre obscur ces deux sombres mégères
Célèbrent à l'envi leurs horribles mystères.
L'une cache en riant un aspic dans son sein,
Celle-là se présente un poignard à la main,
L'envie à leurs côtés désigne la victime,
Et le groupe infernal a consommé le crime.

Des écrits sont dictés, en tous lieux répandus;
Tous les biens et les maux y semblent confondus.
L'envieux Sigismond, rêveur, muet et sombre,
Les yeux étincelants, reste caché dans l'ombre,
Tant du lâche imposteur il redoute le sort,
La valeur d'Amadis, l'infamie et la mort.
Tandis que le remords, vengeur de l'innocence,
Lui reproche en secret l'horreur de son offense,
La calomnie au loin s'allume et s'épanchant,
Vole de bouche en bouche et s'accroît en marchant.
Mère des noirs forfaits, la nuit la favorise,
L'ambition l'excite et l'orgueil l'autorise.
Lorsque, par son retour, l'admirable clarté
Précipite aux Enfers la sombre obscurité;
L'envie, auparavant terrible et menaçante,
Marche les yeux baissés, timide et chancelante;
Elle affecte en parlant de sinueux détours,
Une feinte pudeur colore ses discours,
Elle gémit sans cesse et d'une voix plaintive
Par d'obliques sentiers rampe, se traîne, arrive.
Cependant la mégère a noirci le héros,
Déjà de tous côtés ont circulé ces mots:
« Le superbe Amadis court à l'indépendance;

Maître dans ce moment des forces de la France;
Il ne songe à rien moins qu'à détrôner Clovis,
A propager partout ces perfides avis.

Avec des soldats francs est-il rien d'impossible ?
Et qui peut résister à l'audace invincible,
A l'amant de Clotilde, au plus grand des Français,
Illustre dans la guerre, illustre dans la paix;
A la fleur des guerriers, au héros magnanime
Qui, fier de protéger le culte légitime,
En dépit des chrétiens veut rendre aux immortels
L'encens qui leur est dû, leurs bois et leurs autels ? »

Ces mots ont de la foule excité les murmures,
Fait palpiter les cœurs sous les fortes armures,
Inspiré de l'audace aux chefs aventureux,
Aux princes, aux barons, aux guerriers valeureux.
Les ennemis du prince, à leur culte fidèles,
Sont tous prêts à grossir le parti des rebelles,
Et jurent en secret d'abandonner Clovis,
Pour voler dans les rangs du superbe Amadis.

Plein d'amour pour son roi le grand nombre, au contraire,
Suit des chefs envieux le parti téméraire;
Ignorant leur motif, ils se laissent guider
Vers le but apparent qu'ils pensent aborder.
Déjà de tous côtés on s'excite, on s'assemble,
On parle de combats; la timidité tremble,
L'espérance renaît, le courage surgit,
La vengeance s'éveille, et le courroux mugit.
Le prince bourguignon, Sigismond, ce chef traître,
Souffle l'embrasement sans se faire connaître.

Que faisiez-vous alors, généreux Amadis ?
Vous n'étiez occupé que de l'honneur des lis.
Entouré de héros célèbres dans le monde,
Que dans tous leurs projets la fortune seconde,
Sans crainte, sans remords et soumis à sa loi,
Amadis attendoit les ordres de son roi.
Lorsqu'instruit, irrité par les coups de l'envie,
De quels discours ce monstre empoisonne sa vie,
Sur un coursier fougueux, le front ceint de lauriers,
Il accourt, il s'élance au milieu des guerriers.

Quel bruit séditieux, quels cris viens-je d'entendre,
Et sur l'arène ici m'obligent à descendre ?

Fidèle au roi, tout prêt à me sacrifier,
Je ne suis point venu pour me justifier.
Qu'au tribunal sacré le coupable pâlisse,
Qu'il tremble, qu'il recule à l'aspect du supplice.
Je suis calme. L'honneur est garant de ma foi.
Je me tais; mes lauriers parlent assez pour moi.
Fuyez, vils détracteurs, le Ciel va vous confondre;
C'est le glaive à la main que je viens vous répondre.
C'est à vous de frémir, à moi de repousser
Tous les indignes vœux que l'on m'ose adresser.
Représentant du roi, je venge son offense;
C'est ainsi qu'Amadis court à l'indépendance.

Il dit et courroucé comme l'est un héros,
Avec les paladins il s'éloigne à ces mots.

Tel vainqueur d'Annibal et maître de Carthage,
Le premier Scipion qu'exaltait son courage,
Forcé de rendre compte au peuple souverain,
A ses fiers ennemis répondit en Romain,

Réduisit tout-à-coup les tribuns au silence,
Sortit et triomphant, suivi d'un peuple immense,
Courut au Capitole, immortel, glorieux,
De ses brillants exploits remercier les dieux.
Ainsi, cher aux soldats, jaloux de leur estime,
Doué d'un grand courage et d'une âme sublime,
Se retire Amadis, aux acclamations
Des chefs et des héros, terreur des nations.
Le tigre intimidé gronde et n'ose plus mordre;
Les écrits sont brûlés et tout rentre dans l'ordre.
Les flots sont applanis, calmés pour un instant,
Tout paraît apaisé; mais l'envie est au camp.
Ce monstre, soutenu de la cour infernale,
Dérobe aux yeux du jour le venin qu'il exhale.
Il attend de Clovis le retour désiré.

    Ce monarque puissant de ses chefs entouré
S'acheminait aux rais de la vermeille aurore,
Vers un antique lieu nommé Durocortore.
Il songeait dans sa route à ce culte sacré,
Vainqueur de l'Orient, des peuples révéré,
Désirant allier le pur christianisme
Aux mystères cachés de l'obscur druïdisme.
Lorsqu'il passait, un homme, assis dans un bateau,
Semblait contrarier le doux penchant de l'eau.
Son air majestueux où brillait la sagesse
Démentait les efforts de sa verte jeunesse;
Avec un aviron plongé dans le courant,
Il voulait repousser les eaux de ce torrent.

    Ton travail, dit Clovis, est perdu sans ressource.
Seigneur, je le ferai remonter vers sa source

Avant que sous le joug à vos ordres soumis,
Vous n'ayez marié deux cultes ennemis.

Il dit et sur le front d'une brillante nue
Cet Ange dans le Ciel se dérobe à sa vue.

A six cents pas plus loin, sur la route des chars,
Quatre jeunes lutteurs brillent à ses regards;
L'un d'eux contre les trois lutte sans avantage :
Sa force par degrés ne sert plus son courage;
Il tombe renversé par les efforts pressants
De leur omnipotence aux regards menaçants.
Que peuvent contre Dieu le courage et l'adresse?
Je suis tombé, dit-il, ainsi fait la faiblesse.

Ainsi les rois Germains renverseront Clovis;
Ainsi l'aigle abattra l'orgueil des fleurs de lis,
Si, pour la foi du Christ et ses divins mystères,
Il ne renonce point au culte de ses pères.
Il dit et relevant leur front victorieux,
Les quatre Anges ont pris leur essor vers les Cieux.

Ému de ces accents qu'il croit ouïr encore,
Clovis, les yeux baissés, entre à Durocortore.
De Rheims, cher au Seigneur, c'est l'antique cité :
Là brille, grand, sublime en sa simplicité,
Un temple. Ses clochers, de gothique structure,
Y parlent du Très-Haut à toute la nature,
Et par la rêverie attendrissant les cœurs,
Semblent dire, du Ciel attestant les grandeurs :
Passants que l'infortune à sa table convie,
Consolez-vous; il est une meilleure vie.

LA CLOVISIADE.

CHANT DIX-SEPTIÈME.

ARGUMENT.

Saint Remi. Clotilde. Apologie des quatre religions de cette époque.
Amadis et Clovis.

LA CLOVISIADE,

OU LE TRIOMPHE

DU CHRISTIANISME EN FRANCE.

CHANT DIX-SEPTIÈME.

Dans un humble séjour près du temple sacré
A Rheims vivait alors un mortel révéré,
Saint Remi, des prélats la gloire et le modèle,
Au Seigneur, à son prince, à son peuple fidèle.
Occupé du salut, du bonheur des Français,
Au lever du soleil il ne manquait jamais
De célébrer pour eux le divin sacrifice.

Un jour que ce prélat, aux malheureux propice,
Venait offrir à Dieu sous un pain fraternel
L'hommage non sanglant de son corps immortel,
Et que non loin du temple au faîte magnifique
Il priait à genoux sous un humble portique,
Voilà qu'avec sa suite un superbe guerrier
Se montre à ses regards sur un léger coursier.
C'était Clovis. L'aspect de ce vieillard aimable,
L'éclat dont resplendit son visage admirable,
Son air majestueux, calme et plein de grandeur,

De sa bouillante audace a tempéré l'ardeur.
Le feu de ses regards le subjugue et l'entraîne
Il descend aussitôt de son rapide Ebène
Et, cédant à son cœur, l'impétueux héros
Avec respect l'aborde et lui parle en ces mots :

Oracle du Sauveur et sa vivante image,
Mon père, à vos vertus Clovis vient rendre hommage ;
Du bon chemin souvent un roi peut s'écarter,
Sur de futurs exploits je viens vous consulter.
Jalouse des Français, la Germanie altière
A franchi de l'Oder l'imposante barrière ;
Elle avance semblable à d'épais tourbillons
Et l'Elbe a déjà vu ses nombreux bataillons.
Dois-je attendre, en ces lieux, que cette armée immense
Au centre de la Gaule ait fixé sa puissance,
Ou dois-je l'arrêter, belliqueux souverain,
Avec mes fiers soldats sur les rives du Rhin.
L'homme timide y craint la chute de ma gloire,
Mes valeureux guerriers m'ont promis la victoire.
Que me promettez-vous ? parlez, ne craignez rien ;
Contre les dieux et moi je suis votre soutien.

Mon fils, répond le saint, suivez votre génie ;
Marchez avec vos Francs contre la Germanie,
Sur les bords de la Meuse, au milieu des combats,
La fureur du Très-Haut va précéder vos pas.
Tout fuira devant vous. Alors à sa clémence,
Prince, offrez en tribut votre reconnaissance :
Entre vous et vos dieux Jésus se placera ;
Suivez les bons désirs qu'il vous inspirera.
A ses desseins sur vous ne soyez point rebelle,

Et montrez-vous à lui généreux et fidèle.
Ne prêtez point l'oreille au bruit de vos exploits ;
Soyez l'orgueil du monde et l'exemple des rois.

Lorsque le conquérant comme une Hydre aux cent têtes
Se montre environné d'éclairs et de tempêtes,
Bellone échevelée est son plus ferme appui,
La terreur se repose et se lève avec lui ;
Le cri des malheureux est son chant de victoire,
Le silence des morts son triomphe et sa gloire.
Avec joie il répand la consternation,
Le meurtre, le carnage et la destruction,
Et voudrait qu'au mépris des célestes vengeances,
Élevant jusqu'au Ciel ses hautes espérances,
Les mondes accablés sous le poids de ses fers
N'admirassent que lui debout dans l'univers.
Mais le roi pacifique est des rois le modèle,
Son peuple heureux et libre est sa garde fidèle.
Père de ses sujets, monarque fortuné,
De bénédictions il marche environné.
Lorsque du conquérant la valeur triomphante
Répand de tous côtés le deuil et l'épouvante,
Le Ciel de son rival se déclare l'appui,
Son peuple bien aimé n'a des yeux que pour lui.
L'un est ce trait que Dieu lance dans sa colère,
L'autre ce doux rayon du jour qui nous éclaire ;
L'un règne par la crainte et l'autre par l'amour.
C'est l'horrible tempête et l'éclat d'un beau jour.
Aux yeux de l'univers et de son maître auguste
L'un est le plus puissant et l'autre le plus juste.
En exploits merveilleux le premier est fécond,
Mais les peuples charmés adorent le second.

Chaque jour sous l'éclat du brillant diadème
Ils pensent voir en lui la Divinité même.
Imitez ses hauts faits, pratiquez ses vertus;
Ils parleront pour vous quand vous ne serez plus.

Dès que loin de ces bords votre immortel génie
Aura dans ses forêts chassé la Germanie,
Occupez-vous, mon fils, du bonheur des Français,
Avec le Ciel et vous soyez toujours en paix.
Combattez les erreurs, les crimes de la terre,
Avec eux seulement soyez toujours en guerre.

Il dit, et le héros par ce grand homme instruit,
Entre guidé par lui dans son humble réduit.
L'intérieur sans art en est simple et modeste,
Digne de la vertu de ce vieillard céleste.
Il y reçoit Clovis avec cette bonté
Qu'exigent les devoirs de l'hospitalité.

Dès qu'il eut réparé ses forces affaiblies,
Admiré les vertus par la Croix anoblies,
Je ne vous cache pas, lui dit ce conquérant,
Quel motif généreux m'a fait quitter le camp.
Je désire aujourd'hui dans une conférence
Au culte du vrai Dieu donner la préférence,
Mais il faut qu'avant tout les cultes opposés
Au poids de la raison sous mes yeux soient pesés
Afin qu'appréciant leurs divers avantages
Au culte le meilleur j'adresse mes hommages.

Vous serez satisfait, Seigneur, dit le prélat;
Le culte du Très-Haut ne craint point le combat :

Il anéantira par sa seule présence
L'erreur qui devant lui comme un géant s'avance.
Avant le doux lever de l'étoile du soir
Ce lieu sera toujours prêt à vous recevoir,
Et veut qu'à votre esprit, vos yeux et vos oreilles
De la religion j'expose les merveilles.

Il dit, et lui montrant ce temple solennel,
Ce sanctuaire auguste où descend l'Éternel,
Non pour quelques Hébreux égarés par le crime,
Mais pour tous les pécheurs dont il s'est fait victime.
Il lui vante l'amour de ce divin Sauveur :
Dieu, pour s'unir à l'homme et faire son bonheur,
L'invite à se nourrir à sa table sacrée
De son sang précieux, de sa chair adorée.
Prodigieux pouvoir présent dans chaque lieu,
Qui du néant fit l'homme et de cet homme un Dieu.

S'approchant à ces mots du nouveau-né qui pleure,
Il dit en signalant sa dernière demeure :

Seigneur, voici la vie à côté de la mort.
Des débiles humains tel est le triste sort;
L'un naît avec le jour, l'autre avec la nuit tombe;
L'enfant gît sur les fonts, le vieillard dans la tombe.
L'un ne sait ce qu'il est, ce qu'il va devenir,
L'autre voit le passé, le présent, l'avenir.
Là la première, ici la seconde naissance,
Jour ténébreux suivi d'une lumière immense.
L'un est hors de combat, l'autre dans le péril;
L'un scelle de ses pleurs les jours de son exil,
L'autre en sort pour aller, libre ou sujet du crime,
Jouir en Paradis ou brûler dans l'abîme.

Voici l'homme arraché des mains de Lucifer,
Soustrait par cette eau sainte au pouvoir de l'Enfer,
Et que va, l'embrâsant de sa flamme adorée,
Baptiser dans le feu la colombe sacrée.

Voici le sacrement père des nations,
Source de biens, de maux, de bénédictions.
C'est lui qui, de l'amour sanctifiant la flamme,
Pour les multiplier unit l'homme à la femme.
Signe mystérieux de ce baiser si doux
Que l'épouse reçoit de son divin époux,
Et qui donne, en dépit des foudres de la guerre,
Des citoyens au Ciel, des maîtres à la terre.

Voici l'Ordre. C'est lui qui donne le pouvoir
De représenter Dieu, de porter l'encensoir,
D'ouvrir ou de fermer le Ciel à sa parole.
C'est lui qui sur l'autel, religieux symbole,
Fait descendre à sa voix, plus prompt que les éclairs,
Celui qui d'un seul mot ébranle l'univers
Et peut l'anéantir d'un souffle de sa bouche.
C'est lui qui, muselant l'ours, l'hyène farouche,
Apprivoise à l'instant les lions indomptés,
Et tranforme en agneaux les tigres irrités.

C'est par lui que, doué d'une vertu sublime,
Le prêtre tient les clés du Ciel et de l'abîme.
De son trône éternel, Dieu délie à sa voix
L'infortuné pécheur égaré mille fois,
Ou laisse dans l'oubli de la nuit éternelle
Ceux que n'a point absous le ministre fidèle.

Voici, dit-il au roi, les enfants de Sion
Élevés sous les lois d'une sainte union,
Les prêtres, les docteurs et les catéchumènes;
D'illustres courtisans, las des grandeurs humaines,
Qui, déjà morts au monde et cachés dans ces lieux,
Sont de corps sur la terre, en esprit dans les Cieux,
Et dont la voix unie au doux concert des Anges
Offre à Dieu jour et nuit un concert de louanges.
Pour cet objet divin jusqu'au dernier soupir
Leur devise chérie est : Aimer ou mourir.

Ces heureux pénitents, ces fortunés coupables
Y trouvent à gémir des attraits ineffables
Et contre la tempête un refuge assuré.

Ces lieux sont pour le juste un asile sacré.
Ainsi que de Noë la colombe timide
Ne se repose point sur un limon fétide,
Gémit dans un séjour naguère plein d'appas
Que viennent d'obscurcir les horreurs du trépas,
Abandonne la terre et palpitant de crainte
D'un vol précipité s'enfuit vers l'Arche-Sainte.

Ainsi l'âme, échappée aux outrages du sort
Et qu'effraye le vice à l'égal de la mort,
Pour fuir du fol amour les ardeurs criminelles
Et mériter d'un Dieu les faveurs immortelles,
Vint se réfugier dans ces paisibles lieux,
Passage fortuné qui joint la terre aux Cieux.

Dès que le saint prélat aux suaves paroles
Eut montré son église au conquérant des Gaules,

Ce monarque du Christ farouche admirateur,
De ce culte sublime adore la hauteur,
Et livrant à l'espoir son âme consolée
Avec le saint prélat se rend à l'assemblée.

Là vont se distinguer sous les yeux du roi franc,
Le culte des païens, celui du conquérant,
Le culte renommé de la Scandinavie
Et celui qui commande à la mort, à la vie.

Ravissante beauté dont les cœurs sont épris,
A qui pour nous séduire il suffit d'un souris,
Épouse du Sicambre, aux rives de la Seine,
Que faisiez-vous alors, pieuse et sainte reine ?
Vous invoquiez pour lui l'arbitre Souverain,
Celui qui tient les cœurs dans sa puissante main.
Pour hâter le réveil de sa foudre endormie,
Vous fîtes avertir votre angélique amie,
Geneviève, l'orgueil et l'appui des rois Francs,
L'amour de Parisis, l'effroi des conquérants;
Celle qui désarma le démon de la guerre,
Au vœu de son amie arrive de Nanterre.

Clotilde était alors aux portes du palais;
Les pauvres l'abordaient comme un ange de paix :

Membres de Jésus-Christ, troupe heureuse et fidèle,
Priez pour votre roi, priez, leur disait-elle;
Priez, que le Seigneur qui rompt l'enchantement
Dissipe son erreur et son aveuglement.
De même que dans moi vous avez une mère,
De même dans Clovis vous trouverez un père.

A ces mots, dévoilant ses muettes douleurs,
Elle tombe à leurs pieds qu'elle arrose de pleurs,
Et joint à ses baisers, innocentes caresses,
Du pain, des vêtements et de saintes largesses.

Pure comme le Ciel qui luit dans ses regards,
Ainsi qu'il resplendit sur les lances de Mars,
La vierge de Nanterre alors brille à sa vue,
Elle est à ses genoux. Profondément émue,
Clotilde la relève et la prend dans ses bras.
— Sainte fille, Jésus conduit ici vos pas.
Louons Dieu. Le Seigneur fait éclater sa gloire.
Clovis est subjugué, je me plais à le croire.
Instruit par le Très-Haut, inspiré comme vous,
Saint Remi dans le temple attend mon fier époux;
Ce prince a pris congé de la vermeille aurore,
Il est parti. Clovis est à Durocortore.
L'ardent lion soupire; amour va le dompter,
Son ange me l'a dit; je ne puis en douter.

Je pense comme vous, lui répond la bergère;
L'erreur devant ses pas comme la fleur légère
Que le zéphir redresse et vient d'épanouir
Se flétrit sur sa tige et va s'évanouir.
Dieu règne. — Sa bonté ne s'est pas endormie.
Allons à Rheims; allons, ma vénérable amie.
— Montez sur votre char, le rendez-vous est loin;
Prenez quelques soldats. — Je n'en ai pas besoin.
Que peuvent contre nous l'Enfer et ses phalanges,
Pour nous accompagner, n'avons-nous pas les Anges!
Elle dit, et son voile avec rapidité
Aux regards curieux dérobe sa beauté,

Tandis qu'innocemment la chlamide flottante
Trahit de ses attraits la tournure élégante.
Sous ce déguisement qu'on ne devine pas
Du palais toutes deux s'éloignent à grands pas.
La malice, à l'aspect de leur course légère,
Sourit et croit déjà pénétrer le mystère.

Aux lueurs de Vesper, au son des chalumeaux,
Bœufs et troupeaux bélants rentrent dans les hameaux ;
L'astre resplendissant qui dorait les campagnes
De reflets purpurins colore les montagnes ;
A ses ardents coursiers Phébus lâche la main
Et pour le recevoir Thétis ouvre son sein,
Lorsqu'aux bornes du bois, sans rencontres fâcheuses,
Arrivent en courant nos belles voyageuses.

Suivons-nous cette route ou nous arrêtons-nous ?
S'écrie alors Clotilde ; et tombant à genoux :

Divin Jésus, dit-elle, à nos vœux sois propice,
Et que ton seul désir en tout lieu s'accomplisse.
A ces mots dans les airs deux ardents Chérubins
Brillent. Un trône d'or repose dans leurs mains.
Couronnés de splendeur et déployant leurs aîles,
Comme un léger zéphir ils descendent près d'elles,
Et joyeux habitants du céleste séjour,
Épanchent autour d'eux la lumière et l'amour.

Clotilde à leur aspect palpite d'alégresse,
S'assied et sa compagne à ses côtés se presse.
Les ardents Chérubins d'un vol silencieux,
Aussi prompts que l'éclair, élèvent jusqu'aux Cieux

Sur ce trône éclatant d'or et de pierreries
La reine et sa compagne aux saintes rêveries.
Une douce clarté, des parfums odorants
Ont chassé devant eux les nuages errants ;
Ce trône au haut des airs quelque temps se balance,
Y laisse de rayons une traînée immense,
Embellit du couchant les suaves rideaux,
Dore en passant les bois le sommet des côteaux,
Et pareil, dans la nuit, au brillant météore,
S'abaisse et, comme un trait, fond sur Durocortore.
Le couple est descendu ; ses yeux sont éblouis
Et les deux Chérubins se sont évanouis.

Cependant au milieu de l'auguste assemblée
Que l'âme de Clovis, au carnage appelée,
Préside, par ces mots un orgueilleux Romain
Célèbre de ses dieux le pouvoir souverain :

Si le culte est pour l'homme envers qui les anime
Des cœurs reconnaissants l'expression sublime,
Quel fut plus mérité sur de riches autels
Que celui qu'on rendit à nos dieux immortels,
A Mars, à Jupiter, dont la splendeur sacrée
Par un signe de tête ébranle l'Empyrée.
Quels peuples atteindront les sublimes destins
Des Hellènes vantés, des belliqueux Romains,
Célèbres à jamais dans la suite des âges
Et dont ils ont reçu les vœux et les hommages
Depuis que nos aïeux ralliés à leur voix
Vainquirent les Sabins illustrés tant de fois.

Que de prospérités, que de faveurs uniques
Découlèrent pour nous des sommets olympiques !

Puissants dieux de Numa, nos ardents protecteurs,
Charmés de voir en nous de vrais adorateurs,
Vous mîtes à nos yeux l'or, les sceptres du monde,
Et de cent rois vaincus Rome, terreur profonde,
Au Capitole, fier de triomphes si beaux,
De leurs drapeaux sanglants suspendit les lambeaux.

Mais les dieux de Numa resplendissant de gloire
Ne sont pas seulement les dieux de la victoire,
Ils sont encor les dieux du bonheur d'ici-bas,
La joie et les plaisirs environnent leurs pas.
Tour à tour de leur main sort la paix et la guerre ;
Jupiter a tonné, Mars fait trembler la terre,
Et par un doux souris dont s'embellit le jour,
Ce couple subjugué tombe aux pieds de l'Amour ;
Vénus du sein des flots s'élève avec les Grâces ;
Les mortels éblouis prosternés sur ses traces
Adorent ses appas déifiés aux Cieux.

Est-il rien de si doux, de si grand que nos dieux !
Les Grecs ont élevé des temples à leur gloire
Et par des chants sacrés honoré leur mémoire ;
Nous leur devons nos lois, nos institutions,
Ce qui nous rendit grands parmi les nations.
Nos arts sont leur ouvrage et la nymphe Égérie
Dicta jadis nos lois chères à la patrie ;
La Vierge, de Minerve aux doux enseignements
Apprit l'art merveilleux d'ourdir les vêtements.
Dans le cœur de l'Etna Vulcain forgea nos armes,
Lemnos à l'univers inspira des alarmes ;
L'argent, le fer, l'airain rougis dans les fourneaux
Mugirent écrasés sous les pesants marteaux

Et montèrent aux Cieux des antres de la foudre
Pour tonner sur l'impie et le réduire en poudre.
Apollon sous nos pas fit croître les lauriers,
Neptune nous apprit à dompter les coursiers.

Cérès faisant un soc du glaive de la guerre
Enseigna Triptolème à labourer la terre.
Ce plaisir enchanteur que, libre de liens,
Notre âme doit goûter aux champs Élysiens,
Était de nos aïeux la doctrine épurée
Qu'à l'antique Éleusis transmit sa voix sacrée.
Le premier édifice admiré des mortels
Au divin Apollon mérita des autels.
Aux bords de Castalie, aux rives de Pimplée,
Entouré des neufs sœurs, poétique assemblée,
Pour la première fois ses sublimes concerts
Par des sons éclatants charmèrent l'univers.

Les nymphes et l'Amour qu'en beauté rien n'égale,
Pan, Faune et les Sylvains sur le riant Ménale
De l'Arcadie en paix protégeant les troupeaux,
Contemplaient la nature assis au bord des eaux.
Des sauvages mortels ces dieux devenus maîtres,
Aux sons harmonieux de leurs flûtes champêtres
Apprirent aux bergers égarés dans ces bois
Un bonheur ignoré dans le palais des rois.

Avec quel doux plaisir et quelle sainte ivresse
Ces peuples dévoués au dieu de la tendresse
Allaient-ils célébrer leurs mystères d'amour !
La terre était pour eux comme un riant séjour,
De cent jeunes époux l'élite fortunée

Se couronnaient de fleurs aux vallons du Pénée;
Leurs couples amoureux, satisfaits et contents,
Saluaient par des jeux le retour du printemps,
Et libres de tous soins s'empressaient de se rendre
Aux bords de l'Illissus, aux rives du Méandre.
Éros les accueillant avec un air aisé
Renvoyait les soucis sur le bord opposé;
Amyclée aux troupeaux offrait ses paturages,
Azilis aux amants ses fortunés ombrages;
Là venaient serpenter de limpides ruisseaux,
Sur des vallons pendait le luxe des côteaux,
Un Océan d'amour sur la nature entière
Versait avec ses feux la joie et la lumière;
Un immense concours d'acteurs, de spectateurs
Attiraient les regards des Cieux contemplateurs,
Et dans ses doux transports l'amoureuse jeunesse
Y vidant du plaisir la coupe enchanteresse,
S'enivrait du nectar de la félicité
Qu'à tous les sens émus présente la beauté.

Chants sacrés de Lesbos, danses de Mitylène,
Temple de Cythérée, heureux séjour d'Hélène,
Flots du Tibre orgueilleux, du Céphise étonné,
Où les vierges, le front de myrthes couronné,
Se baignaient sous les yeux de la première aurore,
Au mois cher à Vénus, au doux amant de Flore;
Plaisirs, nocturnes chants par Bacchus inspirés,
Sommets du Cithéron, Tyrses, flambeaux sacrés,
Mélodieux accents du dieu de l'harmonie,
Délices de l'amour, conquêtes du génie,
Qui mieux que vous, de joie entourant nos autels,
A jamais garanti le bonheur des mortels,

Et vouant à leur nom ces fêtes solennelles
Attesta de nos dieux les faveurs paternelles?

Mais si le monde heureux avec ses conquérants
Dut son bonheur au joug de ses dieux tolérants
De qui le Panthéon autrefois sous son ombre
Reçut des nations les idoles sans nombre,
Jamais a-t-il paru plus à plaindre à nos yeux
Que depuis que l'empire a réprouvé ses Dieux?
Eux qui seuls aux Romains dans les champs de la gloire
Par un regard sublime assuraient la victoire,
Aux muses, aux festins alliaient les amours,
Tendres illusions qui charment nos beaux jours.
Depuis règne partout la stupide ignorance.
La terre est dans le deuil. Un douloureux silence
Succède pour toujours aux sons mélodieux
Des chantres d'Aonie inspirés par les dieux.

C'en est fait, retournons au culte de nos pères,
Renonçons pour toujours aux cultes sanguinaires.
Grand prince, aux dieux d'Homère on revient tôt ou tard;
Ils ont fait triompher Alexandre et César.
Saluons leurs autels chargés de nos offrandes,
Parfumés de safran, couronnés de guirlandes.
Bientôt nos ennemis apprendront à trembler.
On verra nos bosquets de nymphes se peupler,
La Napée en riant parcourir le bocage,
Et lasse de ses feux s'endormir sous l'ombrage;
Écho dans la vallée et vers l'aube du jour
Révéler aux bergers les songes de l'amour,
Les forêts se remplir de joyeuses driades,
Les antres de lutins, les fleuves de naïades.

Partout retentiront le cri du vieil honneur,
Les chants de l'allégresse et l'hymne du bonheur.

A peine il s'est assis qu'Aldaric, scandinave,
Se lève, et ce guerrier, disert autant que brave,
Dont les yeux sont armés de regards menaçants,
Exhale en son courroux ces sauvages accents :

Romain, quels dieux viens-tu proposer à des hommes ?
Apprends à te connaître et sache qui nous sommes.
Emporte loin de nous avec tes déités
Ce luxe, ces beaux-arts, ces charmes si vantés.
N'ont-ils pas corrompu vos frères, vos compagnes,
Vos soldats, vos cités, vos villes, vos campagnes;
Tranquilles dans le port au lieu d'appareiller,
Ils les ont endormis lorsqu'il fallait veiller;
Enivrés de plaisir lorsqu'il fallait combattre,
Et tandis qu'avec eux on les voyait s'ébattre,
L'infortune, le deuil, la honte et les affronts
A jamais dans la boue ont abattu leurs fronts.

Les seuls biens ici-bas qui pour nous aient des charmes
Sont un corps vigoureux, un grand cœur et des armes.
Nous les devons aux dieux, nos modèles parfaits,
Aux dieux qui de leurs mains pour vaincre nous ont faits,
Consacrés au milieu des splendeurs immortelles
Que secouaient sur nous leurs foudres solennelles.

La guerre et ses plaisirs farouches, indomptés,
Font tressaillir le cœur de nos divinités;
Et Balder, de la paix le seul amant fidèle,
A perdu sans défense une vie immortelle.

Contre les dieux trompés qu'il voulut désunir,
Loke, avec son esprit, n'a pu se maintenir;
Ce dieu souple et menteur qui raille avec finesse,
Méprisé par les dieux vainqueurs de sa faiblesse,
Reste chargé de fers jusqu'à l'instant fatal
Où l'univers privé du céleste fanal
Périra consumé par le feu des génies
Soufflant de Muspelbeim les ardeurs infinies.

Les divins habitants du lumineux fan-sal
Respirent les combats et l'orgueil triomphal,
Odin, le foudroyant, fait seul trembler la terre.
Sa massue à la main, Thor appelant la guerre
Se mêle, environné de bouillants destriers,
A ceux qui dans nos camps brisent les boucliers,
Et laissent, enchantés de l'horreur des batailles,
A d'avides corbeaux le soin des funérailles.
Près du trône éclatant de l'exterminateur,
Brandissant courroucé son glaive destructeur,
Le dieu de la vaillance, impie et téméraire,
Thyr, s'élance aux lueurs du flambeau funéraire
Que chaque valkirie ou nymphe des combats
Agite avec des cris en précédant ses pas
Pour choisir dans la nuit d'erreurs enveloppée
Ceux qui seront vaincus, dévorés par l'épée.

Sur quatre lances d'or par elles est dressé
Un métier merveilleux où brille entrelacé
Le destin des héros. Les trames vagissantes
Se composent toujours d'entrailles frémissantes;
A chacun de ses poids balancés, militants,
Pend une tête humaine et des cœurs palpitants.

Egra guide au désert les filles scandinaves.
Elles apposeront aux blessures des braves
Les simples qu'en ces lieux elles auront cueillis.

Les héros chez Braga seront tous accueillis
Par des sons éclatants semblables à l'orage.
Ce chantre belliqueux enflammant leur courage,
Pour prix de leurs exploits les place au nom des dieux
Dans le pays d'Asgard, séjour délicieux.

Les fêtes, les banquets pour nous sont douces choses,
Non pas au son du luth et couchés sur des roses,
D'une beauté facile efféminés vainqueurs
Qu'enivrent en riant de traîtresses liqueurs ;
Mais assis tout armés comme des Scandinaves
Au banquet de la gloire, à la table des braves,
Divisant de leur glaive et sous le bouclier,
A leurs fiers compagnons, l'énorme sanglier
Que jusque sous les yeux de nos vierges timides,
Ont abattu sanglant leurs javelots rapides.

Dans les bois du Sarmate à l'immortel Odin
Une fée indiqua le miel, présent divin.
Ses rayons mariés au cristal des fontaines
Servent à ranimer les forces incertaines.
Ils forment la boisson que nos vaillants guerriers,
Souriant à la mort couverte de lauriers,
Savourent aux accords de la harpe sonore,
Et des sons éclatants des chantres d'Inistore.

Le héros, de la mort envisageant les traits,
Se laisse subjuguer par de riants attraits :

Ce n'est pas sous l'éclat d'une riche parure,
En couvrant de parfums sa blonde chevelure,
En modulant des airs doux et passionnés,
Et poussant des soupirs aux vents abandonnés
Qu'il a ravi le cœur de sa jeune maîtresse,
Mérité son amour et fixé sa tendresse;
Mais c'est par son audace et ses brillants exploits,
Signe immortel du brave ainsi que des grands rois.

Dès que le jour propice à l'aimable folie
Cède à l'astre chéri de la mélancolie,
Mère du tendre amour qui jamais ne s'endort,
Sur la bruyère au loin versant des larmes d'or,
Plus pures que les feux du soleil de Finlande,
Et d'un parfum plus doux que l'ambre de Courlande,
Fréya du haut du Ciel sourit à son désir.
Il suit ces larmes d'or, palpitant de plaisir.
Animé par l'amour, conduit par sa vaillance,
Il accourt, enflammé, rempli de confiance,
A la tour où Vara, déesse des serments,
Allume le flambeau, conducteur des amants.

Pour joindre la beauté de son amour instruite,
Et que depuis long-temps son courage a séduite,
Précipices franchis avant que regardés,
Rochers et monts gravis, remparts escaladés,
Redoutables verroux, gonds des portes jalouses,
Terribles gardiens des vierges, des épouses,
Secoués, ébranlés et rompus en éclats,
Flots, tempête, ouragan, rien n'arrête ses pas.
Ainsi que le lion vers la biche s'élance,
Ainsi vers la beauté qui lui sourit d'avance,

Il accourt et l'enlève au centre des forêts.
Là, digne possesseur de ses jeunes attraits,
Sous l'éclat que répand l'aurore boréale,
Amour vient embellir sa couche nuptiale,
Au bruit sourd et lointain des rapides torrents
Et des légers esprits de tous côtés errants.

Que celui qu'à tout faire un tel bonheur engage
Et qui plus que la mort redoute l'esclavage,
Jaloux de conquérir une gloire sans fin,
Se prosterne à l'autel du formidable Odin.
Par lui seul nos aïeux ont subjugué le monde;
Par lui seul, précédés d'une terreur profonde,
Les Scythes, au péril opposant de grands cœurs,
Aux bords du Tanaïs parurent en vainqueurs.
Des antiques rochers de la mer Caspienne
Ils vinrent de leurs cris troubler le Boristhène,
Et leur torrent grossi des peuples entraînés,
Inonda cent pays surpris et consternés,
Et vint rouler ses flots, planter sa banderole
Jusqu'aux pieds orgueilleux des murs du Capitole.

Vos Césars, dites-vous, ont triomphé du sort,
Oh! comme ils sont petits près des géants du Nord.
Formidables vainqueurs de vos dieux en délire,
Ils vont la foudre en main renverser votre empire.
Tremblez! la mort les suit, la constance les sert.
Leur audace en trois pas a franchi le désert.
Votre empire du pied déjà heurte à la tombe;
En dissolution de toutes parts il tombe.
Ce colosse n'est plus, aux lueurs des flambeaux,
Qu'un cadavre paré du luxe des tombeaux

Et son odeur de mort du Volga jusqu'au Phase
Attire autour de lui les aigles du Caucase.
Nous lui venons ici lancer le dernier trait;
Nous voilà, terminons, le sacrifice est prêt.
Nous fournirons l'autel, fournissez la victime.
Qu'elle expire; il est temps d'en repaître l'abîme.

A ce discours, Volrade, émule des héros,
En faveur des dieux francs fait entendre ces mots :

Vous qui dans les combats déifiez les braves,
Gloire des nations, Romains et Scandinaves,
Quels sont ici les dieux que vous préconisez
Dont votre orgueil s'engoue, en qui vous vous plaisez.
Peut-on peindre les dieux dont on ignore l'être,
Que rien n'a révélé, que rien n'a fait connaître;
Et comment puis-je croire à leur divinité,
Fille de l'ignorance et de l'absurdité !
Dites, que sont au gré du statuaire habile,
Ces idoles de bronze et de marbre et d'argile ?
Ces dieux à leur ciseau vainement confiés
Ne sont que vos désirs, vos goûts déifiés;
Vos cieux sont un miroir d'orgueil et de faiblesse
Où l'homme vicieux se réfléchit sans cesse.
Les mortels enivrés, amollis sur des chars,
Demandèrent un jour des plaisirs aux beaux-arts,
Et les cieux de la Grèce et les monts d'Aonie
Enfantèrent des dieux d'amour et d'harmonie;
Tandis que dans le sang le fier enfant du Nord
Demandait prosterné la victoire ou la mort
A ses dieux menaçants, à ses dieux homicides
Dont il croyait tenir ses javelots rapides.

15

Vaines illusions ! Mieux que vous inspirés,
Les Francs offrent leurs vœux à des objets sacrés.
Notre belle empyrée, au lieu d'être une fable,
Est comme la nature immortelle, immuable.
Nos dieux de tous côtés se déclarent présents ;
Ils parlent à nos cœurs , ils enchantent nos sens ,
Partout dans la nature étalant des merveilles ,
Ils charment à la fois nos yeux et nos oreilles.
Cette voûte d'azur, trône de la beauté ,
Où siégent tour à tour l'effroi, la majesté ,
Cet astre , âme du monde, Océan de lumière,
Qui seul donne l'éclat , la vie à la matière ;
Ces ondes, ce beau sol pour nous rempli d'appas,
Cet air, ce feu sacré qui meut tout ici-bas ,
Cette orageuse mer, ces forêts , ces rivages
Ne sont ni de faux biens , ni de vaines images.
Voilà nos dieux ; voilà les dieux du vieil honneur,
Sources de notre joie et de notre bonheur.
Dignes d'être adorés dans la suite des âges,
Quels dieux méritent plus nos vœux et nos hommages !

Tandis que les esprits sublimes et sacrés
Aux êtres naturels se sont incorporés ,
Leur amour a permis dans les objets palpables
La transmigration aux âmes raisonnables.
Les druides aux Grecs jadis l'ont révélé,
Pythagore les vit et revint consolé.

Avant lui , l'habitant de la Calédonie,
Celte aussi bien que nous , instruit par son génie,
Vit errer dans les airs , à la voûte des cieux ,
Sur des nuages d'or l'ombre de ses aïeux ;

Trônes aériens où brillent les fantômes
Des braves chers aux dieux, admirés chez les hommes,
Lieux où le barde écoute, assis sur la hauteur,
Des torrents éloignés le bruit inspirateur,
Et les sons ravissants des harpes invisibles,
Célébrant les héros et leurs combats terribles.

A travers la tempête et ces champs vaporeux,
Intrépides chasseurs, ils poursuivent, heureux,
Le sanglier fictif, la biche imaginaire,
Le chevreuil nébuleux, la perdrix mensongère.

Au-delà de la mort, fidèle à ses serments,
De nouveau réuni, le couple des amants,
Enivré des transports d'une joie inconnue,
Délicieusement se plonge dans la nue,
D'où coule sur son front des parfums précieux
Une saveur céleste et le plaisir des dieux.

Aux monarques du ciel, aux ombres de nos pères,
Nous devons nos exploits et nos destins prospères;
Grands dieux, de quels périls serions-nous alarmés !
Tout vous offre en spectacle à nos regards charmés.
Qui pourrait sous vos yeux dompter notre vaillance,
Faire fuir des guerriers, colonnes de la France !
Rendez un juste hommage à ces maîtres des cœurs.
Ces invincibles rois sont les dieux des vainqueurs;
Leur puissance est pour nous en prodiges féconde,
Elle nous a promis la conquête du monde.

Mais à peine Volrade, applaudi par les Francs,
Achève son discours, orgueil des conquérants,

Que la reine au milieu de l'auguste assemblée
S'avance avec la vierge ainsi qu'elle troublée.
Mais Clovis, étonné de la voir en ces lieux,
Et qu'apaise un rayon de la clarté des Cieux,
Lui sourit. Ce coup-d'œil la calme et la rassure,
On voit se recueillir son âme chaste et pure;
Elle sourit au roi qu'enchantent ses beautés,
Et son ardent amour la place à ses côtés.

On dit que de ces lieux les voûtes s'entr'ouvrirent,
Que les Anges charmés près d'elle descendirent,
Et que l'on entendit les sons mélodieux
Du théorbe, du sistre et des harpes des cieux,
Les hymnes de l'amour et les chants d'allégresse
Dont ils accompagnaient sa voix enchanteresse.

Si, dit-elle, vos dieux sont les dieux des vainqueurs,
Le nôtre des vaincus a captivé les cœurs;
De fabuleux objets, enfants de l'ignorance,
L'indigne volupté, la gloire et la puissance,
La fortune, la joie et les prospérités,
Voilà vos demi-dieux et vos divinités.
Le nôtre est ce vrai bien qui fait qu'on les méprise,
Que l'univers adore et dont l'âme est éprise.

Notre religion dans ces riants climats
Apparut la dernière et nous suivons ses pas.
Sa voix a relevé vos grandeurs éclipsées,
D'orgueilleuses cités par vos mains renversées.
Partout de vos captifs allant briser les fers,
Sa croix ouvre le Ciel et ferme les Enfers
A ceux dont la terreur vous a rendu les maîtres
Et qu'elle a dépouillés des biens de leurs ancêtres.

A l'humaine victime échappée au trépas,
Dans sa demeure sainte, humble, elle tend les bras.
A ces infortunés voués aux noires tombes,
Des forêts et des monts ouvrant les catacombes,
Elle fait espérer dans l'éternel séjour
Dieu qu'à la mort pour nous a livré son amour.

En adorant vos dieux vous adorez les vices
Et de vos passions les funestes complices.
Ce culte à la nature était facile et doux.
Le nôtre, pur et saint, condamne tous nos goûts ;
Les pleurs du repentir, les affronts, les outrages,
Les peines, ici-bas voilà nos apanages.
Un tel culte à soi-même oblige à renoncer ;
Ah ! s'il n'était pas vrai, qui pourrait l'embrasser !
Qui croirait au bonheur qu'offre son joug suprême
S'il n'était garanti par la vérité même !

Sainte religion qui, dans mille combats,
Foulant aux pieds la vie et les biens d'ici-bas,
T'en fais comme un degré par l'amour aguerrie
Pour t'élever aux Cieux, ton immense patrie ;
Toi seule des faux dieux renversant les autels
Élevas l'homme juste au rang des immortels.
Enfantas des héros plus puissants que la guerre,
La richesse des Cieux et l'orgueil de la terre ;
Seule tu changes l'homme et tu ne changes pas,
Il passe et tu le suis au-delà du trépas.

Vous le savez, Romains, les bêtes et l'épée,
Dans le sang des martyrs la terre détrempée
Attestent et leur gloire et votre cruauté,
Leur dévoûment sublime et votre lâcheté.

Vous qui narguez la mort, farouches Scandinaves,
Vous les vîtes périr sous le fer de vos braves,
Dans leurs temples ouverts, sous leurs toits embrasés,
Ainsi que des agneaux par la foudre écrasés.

Avec quelle douceur et quelle sainte ivresse,
Resplendissants d'amour, de joie et d'allégresse,
Martyrs du Tout-Puissant, invincibles héros,
Vous présentiez la gorge au glaive des bourreaux,
Souriant au trépas, à l'aurore nouvelle,
Avant-goût des plaisirs d'une vie immortelle.
Alors combien de fois ces bourreaux, ces vainqueurs,
Subjugués, terrassés par le maître des cœurs,
En abjurant l'erreur par des torrents de larmes
Reconnurent la loi de ce Dieu plein de charmes.

Le Franc désire et croit que le maître des Cieux
Dans mille objets charmants se révèle à ses yeux.
Il abaisse vers lui l'auteur de la nature,
Avec le Créateur confond la créature,
Et, dupe de ses sens par l'amour égarés,
Prostitue en tous lieux des hommages sacrés.

Qui ne reconnaîtrait la vérité suprême
Aux prodiges sans nombre opérés par Dieu même !
Qui ne reconnaîtrait sa haute majesté
Aux miracles vainqueurs de l'infidélité !
Quels lieux en virent plus que la Gaule étonnée
A le glorifier par lui prédestinée !

Autrefois près d'Autun qu'aveuglait ses faux dieux
Une croix enflammée apparut dans les Cieux ;

Constantin l'aperçut. Son armée en silence
Allait livrer bataille au superbe Maxence.
Autour de cette croix qu'admirait le héros
La main de l'Éternel avait gravé ces mots :
Tu vaincras par ce signe. Il vainquit, dit l'histoire,
Et cette croix devint le signe de sa gloire.

Sans vous parler ici de prodiges nouveaux,
Demandez aux cités, à la terre, aux tombeaux,
Aux morts dont saint Martin ranima la poussière,
Qui dispense la vie, ainsi que la lumière ?
Viens et dis-nous pourquoi, superbe conquérant,
Tu parus si petit et saint Germain si grand,
Lorsque de ton coursier osant saisir les rênes
Sa main le détourna des magnifiques plaines
Où tu venais porter le ravage et la mort.

Et toi dont la prière apaise le Dieu fort,
Geneviève, réponds, dis-nous pourquoi Lutèce
Sans autre défenseur que sa propre faiblesse
Sut échapper sans peine au courroux d'Attila ?
— C'est que lorsqu'il passait le Seigneur était là.

O peuples de la Gaule, à des sources si pures
Venez du paganisme effacer les souillures.
Accourez dans les bras d'une religion,
Vénérable trésor des filles de Sion.
Prends pitié de ce peuple, apprends à te connaître,
Manne du saint amour qui, nous redonnant l'être,
Fais, pleine de terreur ou de félicité,
Du trépas le berceau de l'immortalité ;
Sainte religion, seule ici-bas capable,

Si l'homme en ses désirs était moins indomptable,
De faire des mortels en tout temps, en tout lieu,
Une seule famille adorant un seul Dieu.

Ainsi parle Clotilde, et sa douce éloquence
Entraîne tous les cœurs charmés de sa présence.
Le seul Clovis résiste à la voix qui l'instruit,
A sa fidèle épouse, au Dieu qui le poursuit.
Ainsi que le lion secoue et rompt sa chaîne,
Ainsi qu'un loup s'oppose au torrent qui l'entraîne,
Et redoublant d'efforts triomphe du courant,
Ainsi lutte avec Dieu l'âme du conquérant.
Il semble convaincu, toutefois il balance
Avec son intérêt l'intérêt de la France.
Son cœur n'est déjà plus aussi dur que le fer,
Il voudrait se soustraire aux charmes de l'Enfer,
Et languit abattu sous un tel esclavage ;
Lorsque, pour achever son infernal ouvrage,
Béelzébuth accourt; ce démon furieux,
Une épée à la main, se dévoile à ses yeux.
Son œil darde la mort, et sa figure affreuse
Répand de tous côtés une horreur ténébreuse.

Tremble, dit-il, ô roi, ton sort m'est confié.
Choisis entre les dieux et le crucifié.
S'il demeure vainqueur de ton âme asservie,
Tu perds dès aujourd'hui la couronne et la vie ;
Si ton âme, au contraire, est fidèle à ses dieux,
Roi de l'Europe un jour tu le seras aux Cieux.

Il dit, et brandissant l'épée étincelante,
Il disparaît au sein d'une lave brûlante.

Clovis, épouvanté de cette vision
Et craignant d'encourir son indignation,
Clovis, qu'aveugle encor une secte insensée,
N'ose, de peur des dieux, expliquer sa pensée.
Clotilde alors s'éloigne, et sans lui dire adieu,
Va supplier pour lui son Seigneur et son Dieu.
Geneviève la suit. Ce couple, plein de charmes,
Court au pied de la croix qu'il arrose de larmes.
Mais Dieu n'exauce pas sa fervente oraison,
Ainsi le veut du roi l'orgueilleuse raison.
Il ne l'exauce pas, mais un sommeil paisible,
Secouant les pavots de son aile invisible,
Par degrés les endort sous l'arbre glorieux
Où pour nous expira le Souverain des Cieux.

Couple ardent et pieux dont notre âme est éprise,
Il s'éveille bientôt; mais quelle est sa surprise !
Toutes deux à genoux s'éveillent à la fois,
Toutes deux à genoux embrassent une croix,
Et sont, par un prodige inoui sur la terre,
La première à Paris, la seconde à Nanterre.
Tandis qu'un doux sommeil les faisait reposer,
Les Anges en ces lieux vinrent les déposer.

Emma pensait alors à l'aimable princesse,
Son absence imprévue alarmait sa tendresse;
Et sa voix de ces lieux ayant banni la paix,
Interrogeait en vain les voûtes du palais.
L'oratoire... elle y court de douleur pénétrée;
Quelle est sa joie, un Ange en défendait l'entrée;
Alors, ne doutant plus que Clotilde n'y soit,
Il suffit, se dit-elle, et mon cœur l'aperçoit.

Un Séraphin la garde ; amour est en ce lieu.
Il est avec Clotilde et Clotilde avec Dieu.
N'entrons pas ; respirons ; mon amie est présente ,
Et ces mots ont calmé son âme impatiente.
Au milieu de la nuit l'Ange ayant disparu,
Comme un astre éclatant , Clotilde a reparu.
Quels doux embrassements et quelle sainte ivresse
Pour la sensible Emma , pour l'auguste princesse ,
Et que n'ajouta pas à leur félicité
Le merveilleux voyage à celle-ci conté.

    Occupé de son Dieu , songeant à sa patrie ,
Clovis cherchait alors son épouse chérie ,
Dont la voix au conseil brille avec tant d'éclat.

    Vous la cherchez en vain , lui dit le saint prélat.
Remerciez, seigneur, l'éternelle sagesse;
Elle n'est point ici , Clotilde est à Lutèce.
Ce soir dans son palais on vient de la placer.
Des Anges (vers la nuit , je les ai vus passer)
La portaient dans leurs mains. Cent légions divines
Couronnant les sommets des monts et des collines ,
Dont l'écho répétait le mélodieux chant,
Paraissaient applaudir de l'aurore au couchant.

    Clovis , à ce discours , se recueille et soupire.
Ah ! dit-il , contre moi tout ici-bas conspire ;
Ma Clotilde se montre au déclin d'un beau jour,
Et le Ciel la dérobe aux vœux de mon amour.
Dieu saintement cruel , dont la bonté jalouse
A la même heure et m'offre et m'enlève une épouse ,
Je t'aime , tu le sais ; qui n'aimerait son Dieu !

Je ne puis t'échapper; tu me suis en tout lieu.
Permets, avant qu'à toi se livre mon génie,
Que j'abaisse l'orgueil des rois de Germanie;
Daigne accorder la Gaule aux armes de mes Francs,
Et le sol te répond du cœur des conquérants.

Il dit, et saint Remi, prêtres, clercs, acolytes,
Hommes, femmes, enfants, dociles néophytes,
Vont à l'église, unis, charmés de se revoir
Participer ensemble aux agapes du soir.
Le vice révoltant, l'indignité païenne,
Le pénitent public et le catéchumène
En sont exclus. Clovis lui-même n'en est pas,
Et seul avec les siens termine son repas.

Dès que la nuit profonde eut noirci les campagnes,
La lune aux rais d'argent brillé sur les montagnes;
Dès que le doux sommeil eut sur les yeux dévots,
Sur Clovis et les Francs secoué ses pavots,
Dès qu'il eut en passant calmé les vents et l'onde,
Dans l'oubli de lui-même enseveli le monde,
Sur un char attelé de quatre dragons verds,
La haine au cœur de tigre apparaît dans les airs.
L'envie à ses côtés montre Durocortore.
Elles ont disparu. La diligente aurore
De son lit de vermeil se lève en souriant,
Et son voile de pourpre éclaire l'orient :
C'est l'heure où le prélat, aux fidèles propice,
Va célébrer pour eux le divin sacrifice.
Au Dieu de l'univers l'Homme-Dieu va s'offrir :
La nature, le Ciel semblent se recueillir.
Il s'ouvre... j'aperçois d'immortelles phalanges...

De splendides rayons et des millions d'Anges
Descendent vers la terre ; ambassadeurs des Cieux,
Le calme est sur leur front, la gloire dans leurs yeux.
Au milieu d'un bosquet, je les vis apparaître,
A genoux, inclinés vers un autel champêtre,
Muets, environnés d'un éclat solennel
Que ne distingue pas le regard d'un mortel.
Ces Anges, la douceur, la simplicité même,
Y viennent honorer la charité suprême.

Un joli tabernacle où s'élève une croix, .
Un livre, un prêtre d'or, un calice de bois (1),
Les reliques des saints portant le Saint-Ciboire,
Où siégent du Très-Haut la majesté, la gloire ;
Les diacres debout aux marches de l'autel,
Un grand peuple à genoux invoquant l'Éternel,
Le doux parfum des fleurs, les oiseaux du bocage,
Le chant du rossignol caché sous le feuillage,
Les champs et les vallons pleins de suavité,
Les forêts de silence et d'immobilité,
Les fleuves et les monts bondissant d'allégresse,
La cité, le hameau dans une sainte ivresse,
L'éther prompt et subtil, l'air doux, suave et pur,
Circulant à l'envi dans leur palais d'azur,
Le soleil saluant de son éclat propice
L'éclat majestueux du soleil de justice,
Les volages zéphirs, les douze heures du jour
Appèlent sur l'autel Jésus le Dieu d'amour.

Il sourit incliné vers l'église inclinée
Aux célestes attraits dont ses mains l'ont ornée,
Blessé par son amour, le Très-Haut, l'Éternel.

Soupire et va descendre à la voix d'un mortel.
Sur les martyrs qu'a faits sa charité sublime
Descend du genre humain l'adorable victime.
Son pouvoir est immense, il se montre en tout lieu ;
Cieux, tressaillez d'amour; terre, adore ton Dieu.
O bonté sans seconde ! O merveilleuse chose !
Sous les yeux du prélat le pur froment repose.
Il a dit et ce pain... Qu'est-ce? L'immensité,
L'Homme-Dieu, qu'embellit sa triple majesté.
Le cœur a tressailli, charmé de sa présence,
Et la foi se prosterne et l'adore en silence.

Clovis s'incline aussi devant le roi des rois,
Dans le fond de son cœur une secrète voix
Par des gémissements se fait alors entendre :

Un Dieu du haut du Ciel pour toi daigne descendre;
Mon fils, son tendre amour vient te solliciter,
N'as-tu, dans ce moment, rien à lui présenter?
Je viens te faire part de ma gloire immortelle,
Ingrat, jusques à quand me seras-tu rebelle?
Insensé, contre Dieu qui sera ton soutien,
Tremble, la nuit approche où l'on ne peut plus rien.

Le héros étonné, surpris de ces merveilles,
A peine à croire encor ses yeux et ses oreilles.
Humilié, confus, touché de ces accents,
Il ne peut surmonter le trouble de ses sens ;
Un doux attrait l'invite, un charme inexprimable
Lui dit qu'il faut aimer cet objet adorable.
Rempli d'émotion, il ne saurait parler,
Et sent que de ses yeux les larmes vont couler.

Alors de son grand cœur redoutant les alarmes,
Il se hâte de fuir des lieux si pleins de charmes.

Saint prélat, lui dit-il, recevez mes adieux;
Que ne puis-je bientôt revenir en ces lieux,
Dans ce temple sacré vous voir et vous entendre,
Y jouir d'un bonheur difficile à comprendre.
Que ne puis-je... Pour moi, fléchissez le Seigneur;
Priez-le... Ah! quels combats j'éprouve dans mon cœur.

— Cédez, mon fils, cédez au feu qui vous anime;
Laissez-vous subjuguer par cet amour sublime,
Et ne refusez plus à ce Dieu bienfaisant
Une âme qu'il acquit au prix de tout son sang.
Pour le Dieu souverain que l'univers adore,
Renoncez à vos dieux. — Il n'est pas temps encore.
Le trouble qui me suit, des obstacles nombreux,
Mes désirs inquiets s'opposent à vos vœux.
Priez pour moi Jésus; sans lui que puis-je faire?
Qu'il triomphe d'un cœur à lui-même contraire.

— Je le ferai, mon fils, puisse enfin sa bonté
Vous conduire au séjour de la félicité.
Allez, prince, suivez le Ciel qui vous inspire,
A vous soumettre à lui tout ici-bas conspire.

On s'oppose à la gloire, au repos de Clovis,
Dans votre cour superbe on menace Amadis.
L'Enfer aux noirs complots et l'envie animée
S'efforcent d'éloigner ce héros de l'armée.
Allez, consultez-vous et, favorable au bien,
Dans tous vos jugements ne précipitez rien.

Tel pense quelquefois être fort équitable
Qui punit l'innocent et sauve le coupable.
Que l'Ange du conseil, debout auprès de vous,
Vous apprenne à dompter votre bouillant courroux ;
Lui seul, en écartant le flatteur qui nous blesse,
Peut vous faire aux plaisirs préférer la sagesse
Et, devant les cités du royaume des lis,
Comme une tour de flamme élever Amadis.

Il dit, et le héros sur le fougueux Ébène
Est remonté. De Rheims il traverse la plaine,
Et, descendu la nuit sur le bord d'un ruisseau,
Il se couche et s'endort sous un bel arbrisseau.

Dès qu'eut paru du jour la clarté ravissante,
L'ardent vélocipède à crinière flottante
Fait résonner la terre, et, prompt comme le vent,
Au lever du soleil le reporte à son camp.

Aussitôt Amadis et les chefs de l'armée
Que trouble des Enfers la rage envenimée
Vont saluer ce prince et, soumis à ses lois,
S'occuper avec lui de leurs futurs exploits.

A peine ils sont sortis qu'au milieu de sa tente
Un infâme libelle à ses yeux se présente.
Il lit plein de courroux, les regards enflammés,
Un détail des complots que l'envie a formés
Et que pâle, craintive et jamais endormie,
Attribue au héros cette lâche ennemie.

L'injurieux soupçon planant sur Amadis
A décoché son dard dans l'âme de Clovis.

Oui , lui dit une voix : c'est ce chef , c'est lui-même.
— Se peut-il qu'Amadis , plein d'un orgueil extrême ,
Ait voulu détrôner son roi , son bienfaiteur,
Lui ravir son épouse , ange consolateur.
L'ingrat n'aurait pour nous qu'une fausse tendresse !
Ah ! s'il en est ainsi, quelle scélératesse !
Se servir contre moi de mes propres bienfaits ,
Faire de ma faveur l'âme de ses forfaits.
O perfidie atroce ! O complot détestable !
Et je laisserai vivre un homme si coupable !
Non , qu'il meure. Ainsi parle, en proie à sa fureur,
Le terrible Clovis, la rage dans le cœur.
Il frémit. Toutefois son ange tutélaire
Le suit et par degrés apaise sa colère.

Il revient à lui-même et s'exprime en ces mots :
Serait-il bien l'auteur de ces affreux complots ?
Qui le sait , qui l'a dit, et qu'elle en est la preuve ?
De ce que j'appréhende osons faire l'épreuve.
Son âme fut toujours étrangère aux forfaits.
Pour habiter en elle ils ne furent point faits :
Celui que j'ai vu hier généreux, magnanime ,
Peut-il perdre aujourd'hui sa gloire et mon estime ?
Celui qui pour l'honneur a toujours combattu,
Peut-il dans un moment oublier sa vertu ?
Non , les héros sont grands, équitables , sincères ;
Le mensonge ne sied qu'à des âmes vulgaires.
Du bienheureux prélat suivons le sage avis ,
Ne précipitons rien. Appelons Amadis :
Avant que de parler de mort et de supplices,
Interrogeons ici le chef et ses complices ;
Un mot , un seul regard va décider son sort ;

S'il hésite un instant, s'il pâlit, il est mort.
Sur le front du coupable, on lit son témoignage :
Le méchant découvert changera de visage ;
Il deviendra son juge et son accusateur.
Mais ce fer punira le calomniateur,
Et ma conduite alors sera l'aveu sublime
Que j'aime la vertu sans redouter le crime.

Gardes, s'écria-t-il, au nom du roi Clovis,
Faites venir ici le vaillant Amadis ;
Avertissez aussi, sans orgueil ni mystères,
Galaor, Lionel, et Robert, ses trois frères.
Il dit, et le héraut se rend près d'Amadis,
S'incline et lui transmet les ordres de Clovis.
Celui-ci les reçoit avec une âme ardente,
Et, comme il parle encor, se rendent sous sa tente,
Auprès de ce héros, fleur de tous les guerriers,
Ses trois frères, fameux entre les chevaliers.
Instruits par des bruits sourds du sort qui les menace,
Ils viennent d'Amadis encourager l'audace.
L'amitié, qui des quatre en tous lieux n'en fait qu'un,
Veut partager la gloire et le péril commun ;
Toutefois, ignorant les projets de l'envie,
Fidèles à Clovis dont l'honneur les convie ;
Heureux d'être en tout temps sa gloire et son appui,
Ces superbes guerriers se rendent près de lui.
Ils entrent fièrement. Dans un morne silence,
L'impétueux Clovis au-devant d'eux s'avance.
Laissez-nous un instant, gardes, éloignez-vous :
L'amour et la valeur veillent autour de nous.
Tandis qu'à leur aspect sous un front débonnaire
Clovis, maître de lui, déguise sa colère,

Noble Amadis, dit-il, et vous, vaillants guerriers,
On attaque aujourd'hui la fleur des chevaliers;
De son sort et du sien Clovis vous fait l'arbitre.
L'envie est contre vous, lisez, voilà son titre.

Avec rapidité de la main de Clovis
Le libelle a passé dans celles d'Amadis.
Le roi, les yeux sur lui, cherche dans son visage
De ce qu'il veut savoir l'assuré témoignage.
Le guerrier lit tout haut, les yeux étincelants,
Un discours dont l'Enfer vomit les traits brûlants :

« Le superbe Amadis court à l'indépendance;
Maître dans ce moment des forces de la France,
Il ne songe à rien moins qu'à détrôner Clovis,
A mettre sous le joug le royaume des lis;
Galaor, Lionel, Robert lui sont fidèles... »
— Nous, répond Galaor, nous, traités de rebelles !...
— Suspendez, dit Clovis, votre juste courroux;
Achevez l'examen, lisez, instruisez-vous. —
« Avec de tels guerriers, est-il rien d'impossible.
Et qui peut résister à leur bras invincible,
A l'amant de Clotilde, au plus grand des Français !
Illustre dans la guerre, illustre dans la paix;
A la fleur des guerriers, au héros magnanime,
Qui, fier de protéger le culte légitime,
Au mépris des chrétiens, vont rendre aux immortels
L'encens qui leur est dû, leurs bois et leurs autels. »

FIN DU CHANT DIX-SEPTIÈME.

LA CLOVISIADE,

OU LE TRIOMPHE

DU CHRISTIANISME EN FRANCE.

CHANT DIX-HUITIÈME.

ARGUMENT.

Triomphe d'Amadis. Saint Vast. Révolution druïdique. La reine Clotilde se réfugie en Angleterre.

Amadis, indigné d'une telle imposture,
Achève en frémissant cette horrible lecture.
Dans sa bouche les mots se pressent à la fois
Et sa vive douleur vient lui ravir la voix.

— Vous avez lu la plainte à Clovis adressée,
Répondez, Amadis, quelle est votre pensée?
Vous-même, jugez-vous. Que dois-je à mes guerriers?

— L'honneur d'être à jamais vos braves chevaliers.
En doutez-vous, seigneur, interrogez leur vie.

De honte et de remords elle n'est point suivie.
Le guerrier sans reproche est grand dans les combats;
A se justifier il ne s'abaisse pas.
Il ne craint point des dieux l'immortelle présence.
C'est au crime à trembler; jamais à l'innocence.
Vertu, sublime honneur, dont j'adore la loi,
J'en appelle à vous seuls. Seigneur, parlez pour moi.
Vos amis sont les miens, mes ennemis les vôtres;
Dites à l'univers si j'en eus jamais d'autres.

Fort de ma conscience, il n'est point de tempête,
De pouvoir qui jamais me fit baisser la tête;
De mon âme superbe excusez la roideur,
Et ce libre discours, enfant de la candeur.

Ainsi vous me voyez, ainsi nous sommes tous.
Prêts à combattre, enfin prêts à mourir pour vous.
Mille fois, sous les yeux de l'Europe assemblée,
Nos hauts faits vous l'ont dit au fort de la mêlée.
Pour apaiser l'envie au milieu des combats,
Ne voyez plus en nous que de simples soldats;
Dépouillés de ces noms que décerne la gloire,
Nous saurons bien sans eux enchaîner la victoire.
Vous prouver en tout temps notre fidélité
Et marcher d'un pas ferme à l'immortalité.

Souffrez que des guerriers, aux outrages sensibles,
Cessent de commander vos légions terribles;
Souffrez que dans le sang du calomniateur
J'aille laver sa honte et venger notre honneur.
Nommez-le; serait-il protégé de l'armée,
Il ne peut échapper à ma haine enflammée;

J'en jure par l'amour que je porte à Clovis,
Il sera terrassé par le fer d'Amadis.

Il dit, et les héros, ses compagnons terribles,
Que soulève l'injure aux prunelles horribles,
Peu faits à l'injustice, aux outrages du sort,
Demandent à Clovis la vengeance ou la mort.

Le bouillant Galaor, que son audace emporte,
Les yeux étincelants, s'exprime de la sorte :

Grand prince, notre injure est celle d'Amadis.
Capable de troubler le royaume des lis,
Elle attaque l'honneur de la chevalerie,
L'intérêt de Clovis, notre belle patrie.
Il faut qu'un tel forfait, la terreur de ce camp,
Sous les yeux des héros se lave dans le sang.
Diffamés par l'orgueil qu'a trahi sa malice,
L'honneur d'un tel affront vous demande justice.
Fils du Ciel, casque en tête et l'épée à la main,
Il ose, environné d'un éclat tout divin,
Au milieu de ce camp, sous les yeux de la France,
Acheter la faveur de venger son offense.
Lui refuserez-vous ? — Que puis-je refuser
A ceux pour qui mon cœur tout semble déposer.
Que puis-je refuser à l'innocence auguste ;
Ce qu'elle dit est vrai ; ce qu'elle veut est juste.

Venez, fier Amadis, illustres chevaliers,
A l'instant montrez-vous à mes braves guerriers.
Défendez vos grands noms, boucliers formidables,
A vos justes fureurs je livre les coupables.

Ainsi, faisant trembler et la terre et les cieux
S'avançait autrefois dans le conseil des dieux,
Suivi de l'affreux Mars, puissant dieu de la guerre,
Le Jupiter des Grecs armé de son tonnerre.

Ainsi Clovis, suivi de ses fiers paladins,
Va d'un champ périlleux leur ouvrir les chemins.
Dès qu'il est arrivé sous les yeux de l'armée,
Où sifflent les serpents de l'envie animée,
Il s'arrête; et, rempli de l'ardeur des combats,
Le terrible Amadis a précédé ses pas.

« Lâches, ensevelis sous d'épaisses ténèbres,
Montrez-vous dépouillés de vos voiles funèbres.
Mon glaive, exécuteur des vengeances du sort,
Vous apporte à l'instant l'épouvante et la mort.
Venez tous recevoir sur cette arène immense
De vos iniquités la juste récompense.
Seriez-vous aussi prompts que le rapide éclair,
Plus nombreux, plus puissants que les flots de la mer,
Vous n'échapperez point au sort qui vous menace;
Dans votre ignoble sang j'éteindrai votre race.
Paraissez, détracteurs des rois et des héros,
Accourez mettre au jour vos ténébreux complots;
Armés de vos poignards, achevez votre ouvrage,
Tout favorise ici votre envieuse rage.
La vengeance s'apprête et la foudre m'entend;
Hâtez-vous, l'éclair brille, Amadis vous attend. »

A ces mâles accents de sa voix foudroyante,
L'armée a reculé d'horreur et d'épouvante;
A l'aspect d'Amadis, le cimeterre en main,

Elle croit voir la foudre éclater dans son sein,
Le redoutable Mars dont la fureur guerrière
Intimide les dieux, trouble une armée entière.
Tel, chéri de sa mère et protégé des dieux,
Apparut aux Troyens Achille furieux
Quand sa terrible voix dans Pergame alarmée
Fit reculer trois fois leur belliqueuse armée,
Tel parut Amadis aux yeux des chevaliers
Et des sauvages francs montés sur des coursiers.
Une immense clarté, faveur inexplicable,
Éclate sur le front du héros indomptable,
La splendeur de son casque étincelant de feux
Semble élever sa taille à la hauteur des cieux;
Cette auguste clarté, fière dominatrice,
Révèle du Très-Haut la faveur protectrice.
L'envieux Sigismond l'aperçoit le premier,
Il frissonne à l'aspect de l'homicide acier;
Pâle, les yeux baissés, immobile à sa place,
Il en frémit; son sang dans ses veines se glace.

La garde de Clovis sous les yeux de son roi,
Tous les guerriers surpris et palpitants d'effroi,
Qu'enchaînent d'Amadis la rapide vaillance,
Admirent ce héros dans un morne silence.

L'armée enfin s'écrie : Hommage au grand Clovis,
Hommage à notre chef l'invincible Amadis !
Que peut contre un héros le serpent de l'envie?
Du plus brillant éclat sa morsure est suivie :
Sa rage en l'abaissant le relève à nos yeux
Et le place à jamais au rang des demi-dieux,

L'envieux, dit Clovis, qu'indigne ta victoire,
Tombe, expire, accablé sous le poids de ta gloire,
L'amour de tes vertus honore mes guerriers
Et t'élève au-dessus de tous les chevaliers.

Va, je t'ai cru toujours digne de leur estime,
T'aimer est un devoir, te soupçonner un crime.
En tout temps, en tout lieu sois le grand Amadis;
Tu seras le premier des amis de Clovis.
C'est assez de ton âme éprouver la constance;
J'ai confié mon trône à ta fière vaillance;
Sois toujours le ministre et l'appui de ton roi.
— D'un si périlleux rang, seigneur, dispensez-moi.
— Certain de ta vertu, vainqueur, que peux-tu craindre?
Le favori du Ciel a-t-il droit de se plaindre?
— En butte à tous les traits qu'on dirige vers lui,
L'homme trop-élevé se trouve sans appui.
N'est-ce pas sur les monts qu'on voit tomber la foudre?
— En est-il que jamais elle ait réduit en poudre?
Le chagrin sur le trône a de la majesté.
— Le bonheur ici-bas vit dans l'obscurité.
— L'homme heureux est l'appui, le dieu des misérables,
Son cœur jouit du bien qu'il fait à ses semblables.
Soyons tous bienfaisants; le fraternel amour
Peut faire de ce monde un céleste séjour.
Orgueil de mes sujets que la faveur couronne,
Dieu vous plaça pour eux sur les marches du trône.
Des royales vertus miroirs éblouissants,
Vous devez réfléchir leurs charmes tout-puissants;
Toi, souris à ce peuple et, fier de son offrande,
Transmets-lui mon amour, l'honneur te le commande.
Accepte mes bienfaits au nom de mes guerriers,

Sois le dispensateur des palmes, des lauriers,
Règne sur mes soldats. — Toute faveur céleste
Pour les faibles mortels est un présent funeste.
— Gloire de ma couronne, obéis à ton roi;
Obéis, ou ce fer va t'en faire une loi.
— A cet ordre absolu d'un roi que je révère,
Le respect et l'amour me forcent à me taire.
J'obéis, je me rends. Le fidèle Amadis,
Se vouant à la gloire, au bonheur de Clovis,
Jure d'être ici-bas tel qu'on l'a vu paraître,
Prêt à vivre, à mourir pour un aussi bon maître.

A ces nobles accents, lui répond ce grand roi,
Je m'appaise et renonce à me battre avec toi.
Que tout soit oublié. Chevaliers que j'honore,
Guerriers, tenez-vous prêts à la naissante aurore.
La victoire vous suit. Le féroce Germain
Prétend nous disputer le passage du Rhin.
Qu'il tremble. Le Français est tout cœur et tout âme,
Mobile, actif, ardent, léger comme la flamme,
Plein d'audace et jamais courageux à demi;
On le croit encore loin qu'il est sur l'ennemi.
Tandis qu'on délibère, il court à la victoire.
Ainsi vous serez tous. Je me plais à le croire.
Il dit, et les héros, de son discours charmés,
D'une immortelle ardeur paraissent animés.

Bientôt le conquérant retiré sous sa tente
Y sonde les bracards de l'envie imprudente,
Et, recueillant les bruits, découvre en frémissant
Que les Goths dans l'armée ont un parti puissant.

Dissimulons , dit-il, l'ardeur qui nous dévore,
De la faire éclater il n'est pas temps encore.
Alaric tôt au tard périra de ma main.
Il faut vers ses états nous ouvrir un chemin ,
Mon belliqueux génie est à l'étroit en France ,
Et le trône des Goths fait ombre à ma puissance.
Quant au fier Bourguignon , si je suis le plus fort ,
Son sceptre pourra seul le sauver de la mort.

Alors l'astre du jour, père de la lumière ,
Aux rives du couchant terminait sa carrière ;
De longs rideaux de pourpre éclairant les côteaux
Avec lui par degrés se cachaient sous les eaux.

Irrité des accents d'un ennemi perfide ,
L'invincible Amadis , toujours de gloire avide ,
Champion de l'honneur et soumis à ses lois ,
Va consulter saint Vast sur ses futurs exploits.
Le vénérable prêtre , assis sur la verdure ,
Contemplait dans les cieux l'auteur de la nature ;
Il paraissait charmé. Saisi d'un saint respect,
Le superbe Amadis s'incline à son aspect.

Vénérable vieillard , dont la vertu sublime
Protège l'innocence et fait pâlir le crime,
Vous qui , toujours soumis aux célestes décrets,
Connaissez du Très-Haut les importants secrets ,
Dévoilez à mes yeux les destins de la France,
Ce qu'exigent de nous l'amour et la vaillance.

Mon fils , lui répond Vast , le Souverain des Cieux ,
Présent dans l'univers , y voit tout par ses yeux.
Rien de l'affreux tableau d'une gloire insensée

N'échappe à ses regards. Juge de la pensée,
Il sonde les replis les plus cachés du cœur
Et sa présence y laisse un aiguillon vengeur.
Ignorez-le , mon fils, il bannit l'allégresse ;
Soyez fidèle à Dieu , pratiquez la sagesse.
Adorez son pouvoir, évitez son courroux,
Et n'oubliez jamais ce qu'il a fait pour vous.
Quant à notre avenir, c'est un profond mystère
Qu'il nous cache à dessein. Malheur au téméraire
Qui d'un œil curieux tâche de pénétrer
Ce que jusqu'à la mort nous devons ignorer.
Mon fils , ce qu'en ce jour, afin de vous instruire ,
Le Ciel qui vous chérit me permet de vous dire ,
Est de fuir avec soin de funestes appas ,
Mille écueils qui partout vont naître sous vos pas.

    La célèbre Aglaia , perfide enchanteresse ,
Respire le plaisir, l'amour et la tendresse.
Sa bouche revêt tout d'agréables couleurs.
Elle fera parler ses soupirs et ses pleurs ,
La haine, le dépit, la fierté, la vengeance ;
Oui ce qu'ont de plus doux l'amour et l'innocence ,
La langueur de ses yeux, le charme de sa voix ,
Tous ses attraits , vainqueurs des héros et des rois ,
Et la terre et les Cieux soumis à son empire ,
S'uniront contre vous afin de vous séduire.
D'un aussi grand péril qui pourra vous sauver ?
— Celui qui de la mort a su me préserver.
Celui qui dans les Cieux se dévoile à notre âme,
A versé dans la mienne un rayon de sa flamme,
Je crains peu d'Aglaia les superbes attraits ,
J'en connais de plus doux. Percé de mille traits ,

J'aime sans espérance un objet plein de charmes
Et dont le souvenir me fait verser des larmes.
— Je ne le sais que trop. Oubliez-le en ce jour,
Oubliez à jamais un téméraire amour.
— Moi, t'oublier, te fuir, objet de ma tendresse ,
O sublime Clotilde , ô céleste princesse !
Exiger que mon cœur de remords combattu...
Ah ! c'est me commander l'oubli de la vertu ;
Non, je dois te chérir, le Ciel me le commande ;
Bien loin de t'oublier, je te dois une offrande :
Celle qu'à tes vertus présente un malheureux ,
L'ardeur de mes soupirs , mon encens et mes vœux.
Reçois-les , cher objet. — Oubliez-le , vous dis-je ;
Réprouvez un désir dont la vertu s'afflige.
Songez, songez qu'elle est femme de votre roi.
Voulez-vous de l'hymen braver la sainte loi ?
D'un si fatal amour prétendez-vous l'instruire ?
Quel est votre dessein ? Est-ce de la séduire ?
D'attaquer sa vertu. — Qui, moi ! plutôt mourir.
Sa vertu contre moi viendra me secourir.
Je ne veux que l'aimer et la voir et l'entendre.
Sont-ce là des plaisirs qu'on puisse me défendre ?
— Sans doute. De beaux yeux lancent un doux poison ,
Qui souvent au héros fait perdre la raison.
Plus terrible cent fois que l'électrique flamme ,
Il fait brûler, transir, d'un feu qui noircit l'âme.
Craignez son doux attrait. Aux plus sages amants
L'amour a fait trahir promesses et serments.
Un objet est pour nous d'autant plus redoutable
Qu'il se montre à nos yeux plus doux et plus-aimable.

Ainsi Vast, comparant l'âme à l'éclat du lis

A la conserver pure exhortait Amadis.
Blâmé par le vieillard, le héros immobile
Recevait ses conseils avec un cœur docile;
Résolu de combattre et d'éteindre ses feux,
Et faisant sur lui-même un effort généreux,
Il s'éloigne enivré d'amour pour la princesse,
Et passe ainsi la nuit en proie à sa tendresse.

Dès que, fille du jour, l'aurore au teint vermeil
Eut ouvert l'Orient aux coursiers du soleil,
Un monstre parsemé d'yeux, de bouches, d'oreilles,
Qui prône des humains la honte et les merveilles,
Le mensonge, le vrai, les exploits éclatants,
Les secrets divulgués, les avis importants,
Publie à haute voix et la paix et la guerre,
A son front dans les Cieux et ses pieds sur la terre,
Et, paré chaque jour de vêtements divers,
A fait en peu de temps le tour de l'univers;
La déesse aux cent voix, la prompte renommée,
Passe près de Clovis qu'admire son armée.
Des mondes inconnus ses pieds ont fait le tour;
Elle arrive en ces lieux des barrières du jour.

Grand roi, dit-elle, un dieu pousse la Germanie;
Elle accourt enchaîner ton belliqueux génie.
Elle prétend, dit-on, par d'insignes exploits
Venger l'honneur des dieux et la gloire des rois,
Et faire d'une immense et fertile contrée
Le théâtre sanglant d'une guerre sacrée.
Tous jurent de punir, mortels audacieux,
Ton amour pour la croix, ton mépris pour les dieux.
Du superbe Osnabruck ils ont quitté les portes;

Déjà de toutes parts leurs farouches cohortes,
Pareilles dans le jour à d'épais tourbillons,
Vont sur les bords du Rhin planter leurs pavillons.
Leur nombre est effrayant. Ces hordes menaçantes
Égalent de la mer les vagues mugissantes.
Hardis, impétueux, de guerriers, de chevaux
Ils couvrent les vallons, les plaines, les côteaux.
Des rives du Viadrus, des champs de la Vistule
Accourent les soldats conduits par Cléobule.
Ceux-ci virent le jour sur les humides bords
Où le temps a creusé de magnifiques ports,
Près du fleuve qui loin de sa double patrie
Sépare à flots d'argent l'Europe de l'Asie.
Ceux-là sont accourus, bruyants comme les mers,
De ce pays sauvage où les sombres hivers,
Secouant les frimats de leurs humides aîles,
Entassent sur les monts des glaces éternelles.
Un grand nombre naquit au pays riverain
Du Danube, de l'Elbe et des bouches du Rhin.
L'intrépide habitant des monts hyperborées,
Féroces comme l'ours de ces froides contrées,
D'invincibles héros, d'innombrables guerriers,
Ont juré le trépas de tes fiers chevaliers.

La célèbre Aglaia, cette superbe reine,
Ainsi que des lions au combat les entraîne;
Soumis et subjugués par ses puissants attraits,
Esclaves de l'enfant qui décoche ses traits,
Ces princes, éblouis par leurs destins prospères,
Comptent la replacer au trône de ses pères,
Apporter à ses pieds la tête de Clovis,
Et conduire enchaîné le terrible Amadis.

Que lui répondrez-vous, colonnes de la France,
Dit Clovis? A ces mots dont s'émeut la vaillance,
Amadis a souri. C'est l'indignation,
Le mépris insultant, le repos du lion.
Galaor s'est levé; c'est la foudre qui gronde
Et de ses longs éclairs va sillonner le monde.
Partons, disent les chefs et les chevaliers francs;
Et ces terribles mots ont traversé les rangs :
«Partons, allons unir, amants de la victoire,
Aux cyprès de la mort les palmes de la gloire. »

Va donc, répond Clovis, retourne vers les rois,
Apprends-leur qui je suis, dis-leur ce que tu vois.
Proclame les hauts faits de cette vieille armée;
Va, retourne et dis-leur, ô prompte Renommée,
Que pour leur épargner la moitié du chemin
Je vais les visiter mes foudres à la main.
Comme il disait ces mots, suivis de cent guerriers
Astharot et Mammon, déguisés en courriers,
De ce discours inique ont frappé son oreille :

Que du fier conquérant la fureur se réveille.
Les chefs des Ubiens loin de subir ta loi,
Sigisbert et son fils se liguent contre toi.
Loin d'attendre, alliés généreux et fidèles,
Les secours de tes Francs, légions immortelles,
A tes hardis projets ils veulent s'opposer,
Et, joints à Cléobule, ils courent t'écraser.
— A travers ce faisceau qui devant moi se brise,
J'aperçois l'intérêt qui déjà les divise.
Allez, faites périr le père par le fils;
Tous les moyens sont bons contre nos ennemis.

Osez, le glaive en main, conjurer la tempête,
Et qu'au bord de la Meuse on m'apporte leur tête.

Il a dit, et soudain la déesse aux cent voix,
Haute comme les Cieux, retourne vers les rois,
Et tandis qu'elle va, rapide messagère,
Publier des héros la grandeur mensongère,
Le monarque décampe et marche vers les lieux
Où l'attendent la haîne et le courroux des dieux.
Cette nuit même, au son des clairons, des trompettes,
Il arrive à Fleurus. Cependant les tempêtes
Éclatent dans Paris. Le peuple des enfers
Se hâte d'accourir du bout de l'univers;
Les Francs vont éprouver son audace inflexible;
Tout tremble, ainsi le veut son monarque terrible.

Indigné des succès du célèbre Amadis,
Il songe à soulever le royaume des lis.
Alors sombre, envieux, plein d'un orgueil féroce,
Au sommet d'une tour, Moloch, cet ange atroce,
Démon du fanatisme et qui jamais ne dort,
Invoque ainsi les dieux, l'épouvante et la mort:

Monstres persécuteurs des lamentables ombres,
Dit-il, que faites-vous sur les rivages sombres?
Pâles divinités, appui de nos autels,
Au nom de qui mon glaive égorgeait les mortels,
Mars, Jupiter, Vénus, dont j'amusais les hommes,
Qu'êtes-vous devenus, majestueux fantômes?
Sur vos riches autels le sang ne coule plus.
Dans la nuit du néant seriez-vous disparus?

Où sont-ils ces beaux jours de triomphe et de gloire,
Ces temples, monuments d'éternelle mémoire?
O champs de Phénicie! O terre des Germains!
Ammon, Basan, Moab, révérés des humains,
Athènes qu'habita jadis un peuple libre,
Rives de l'Éridan, du Danube et du Tibre,
Siècles de Rome antique, ô temps jadis heureux !
Vos dieux sont éclipsés et ma gloire avec eux.

Non, la France à mon joug ne peut être ravie.
Reparaissez, témoins des beaux jours de ma vie.
Dites ce que je fus à l'univers surpris,
Ce que je peux encor debout sur des débris;
Que mon bras peut ici rallumer le tonnerre
Qui fit trembler cent fois les princes de la terre;
Que je puis les braver jusqu'au dernier soupir,
Qu'en un mot pour me vaincre il faut m'anéantir.
Que tardons-nous? Clovis, infidèle à ses dieux,
Vient d'attirer sur lui la colère des Cieux.
Dégageons ses sujets d'un joug illégitime.
Qui n'aime pas les dieux n'est roi que par le crime.
Hâtons-nous de plonger dans nos gouffres béants
Un sacrilège prince, appui des mécréants?
Prêtres, ressuscitez nos mystères antiques;
Étalez à nos yeux vos grandeurs prophétiques.
Sortez de vos forêts, dévoilez aux mortels
Le Jupiter gaulois debout sur nos autels;
Qu'environné d'éclairs, de flammes dévorantes,
Tombent autour de lui les victimes sanglantes;
Que tous les assistants, muets, saisis d'horreur,
Prosternés à ses pieds, adorent sa fureur.

O Francs, désirez-vous éviter sa furie,

Vouez le sang du monstre au sang de la patrie,
Clovis, notre ennemi, ne règne plus sur vous;
Les dieux l'ont déposé, proscrit dans leur courroux.
Hâtons-nous de briller sur le front des tempêtes;
Viens à notre secours, anarchie aux cent têtes.
Revêts-toi de ta force, et dans tes mille bras
Viens étouffer Clovis et tous les potentats.

Il a dit, les complots accourent sur la rive,
La terreur y descend et l'anarchie arrive :
C'est l'affreux Bélial. Alors Phébé qui luit
Couvre son front d'argent du voile de la nuit.
La terre que défend l'obscurité profonde
Repose, et l'anarchie, ou le fléau du monde,
A conjuré sa perte au milieu des forfaits,
Dont les yeux vigilants ne se ferment jamais.
Semblables dans la nuit aux chênes séculaires,
Où brillent suspendus les flambeaux tumulaires,
Ils sont du noir chaos le signe avant-coureur
Et remplissent les sens de tristesse et d'horreur.

Ces noires légions par sa rage animées
Auprès de Bélial ressemblent des pygmées,
Comparable à l'Atlas qui dominant les flots
Semble toucher le Ciel aux yeux des matelots.
Ce génie infernal, ministre d'Arimane,
Se repaît du poison dont sa fureur émane.
Appuyé sur le seuil de l'immortalité,
Menaçant les remparts de l'antique cité,
Ce destructeur des rois, ce fléau de nos pères,
Exhale dans ces mots ses fureurs sanguinaires :

Arbitres souverains de la terre et des mers,

Vous qui maîtrisez l'homme et lui donnez des fers,
Hâtez-vous de sortir de cette nuit profonde;
Il est temps d'ébranler les fondements du monde.
L'immobile moteur qu'il invoque aujourd'hui
A foudroyé l'impie, autrefois notre appui.
L'effroyable Arimane, immortelle victime,
Du haut de l'Empyrée a roulé dans l'abîme;
Pour la centième fois le colosse est tombé,
Sous l'immense fardeau le fort a succombé.
Mais nous sommes debout et je suis l'anarchie,
Du joug de l'Éternel ma gloire est affranchie.
Trônes, vous passerez comme une illusion,
Je vis dans la terreur et la destruction.
Si l'audace immortelle un jour me fut donnée,
Que la terre gémisse au glaive abandonnée.
Viens, Moloch, renversons la puissance des rois,
Divisons les humains rassemblés à ta voix,
Faisons peuple aujourd'hui l'insolent despotisme.
— Suis-moi dans la forêt, répond le fanatisme.
Dans ce bois que chérit le ténébreux séjour
Allons délibérer en attendant le jour.
Il est temps de fixer les destins de la France.
Ce peuple doux, léger, mais fier de sa vaillance,
S'il sommeille aujourd'hui demain s'éveillera
Et du nord au midi lion il rugira.

Ils ont dit, et soudain leurs horribles cohortes
Du palais du conseil ont occupé les portes.
Cet immense palais est un bois ténébreux
Qu'éclairent cent flambeaux de leurs sinistres feux;
Ses colonnes, ses murs, ses dômes de verdure
Furent ainsi construits des mains de la nature.

Aux prêtres ennemis du reste des humains
Se mêlent des guerriers, d'ardens républicains,
Terribles factions, chacune moins barbare
Que ces monstres sortis des gouffres du Ténare.

Au conseil assemblé déguisant ses noirceurs,
L'affreux couple a soufflé le venin des trois sœurs;
Moloch prend d'un serpent la forme tortueuse,
Bélial d'un guerrier l'audace impétueuse;
Le reptile à son front s'entrelace en sifflant,
Celui-ci brille, armé du fer étincelant,
Les chênes sont émus et leur voûte ondoyante
Répète les accents de sa voix foudroyante.

Clovis, brigand célèbre, a souillé la couronne;
Les dieux n'en veulent plus, qu'il descende du trône.
Des mépris de ce roi Jupiter s'est lassé,
Son règne dévorant comme un foudre a passé.
Montez sur son cadavre au temple de mémoire,
De votre âme superbe éternisez la gloire.
Prêtres et chevaliers, prenez le sceptre en main :
C'est à vous de régir le peuple souverain.
Qu'à votre auguste voix bannissant les alarmes,
Il se lève aujourd'hui revêtu de ses armes,
Rempli d'enthousiasme et bouillant de fureur,
Portant à l'ennemi l'épouvante et l'horreur,
La victoire est à lui. Clovis, tyran sauvage,
Imprima sur ton front le plus sanglant outrage
Il méprise tes dieux, et sa férocité
Veut encor te ravir l'honneur, la liberté.

Péris ou venge-toi, nation indomptable;
A l'avilissement la mort est préférable !

Ces mots à peine dits, le monstre déchaîné
Leur lance le serpent dont il est couronné,
Et dans l'air que répand sa bouche volcanique
Se dérobe aux regards de l'assemblée inique.

Vous l'avez entendu, s'est écrié Noctar;
L'impie est par les dieux écrasé tôt ou tard.
Le cèdre fastueux dont l'orgueuilleuse tête
Avait jusqu'à ce jour défié la tempête,
Et semblait, couronné de rayons éclatants,
Immobile au-dessus de la route des temps,
Par un bras immortel frappé d'un coup de foudre,
Des Cieux qu'il menaçait tombe réduit en poudre.
Tous les dieux indignés de ses invasions
Ont réduit ses projets à des illusions.
Quel feu ranimera son ardeur épuisée !
L'autel est renversé, notre idole est brisée.
La France qu'avilit ce roi dévastateur
Doit, le glaive à la main, reprendre sa hauteur.

Ce peuple ardent, fougueux et vaillant par lui-même
Doit, pareil aux Romains, ceindre le diadème;
Son courage immortel, défiant les revers,
Doit donner aujourd'hui des lois à l'univers.
Que les princes ligués au bruit de leur tonnerre,
A la face des dieux lui déclarent la guerre;
Un essaim de guerriers, superbes assaillants,
A sa tonnante voix va sortir de ses flancs,
Et du nord au midi, du couchant à l'aurore,

La liberté, nos droits, seuls appuis que j'implore,
Feront de ces guerriers d'invincibles soldats;
Par eux s'écrouleront d'orgueilleux potentats.
Ils ne souilleront plus une terre féconde
Et nous serons la gloire et les vengeurs du monde.
Renoncez à Clovis, n'espérez plus en lui;
Nos maîtres sont les dieux, le peuple notre appui :
C'est pour la liberté que son grand cœur soupire,
A lui seul appartient la couronne et l'empire.

    Ainsi parle Noctar, druïde ambitieux,
Oracle des Gaulois, grand prêtre des faux dieux;
Alors le vieux Gomer, connu dans les batailles,
Autrefois redoutable aux crénaux des murailles;
Fidèle à ses serments, vénérable héros,
Se livre à son courroux qu'il exhale en ces mots :

    Le célèbre Clovis, souverain de la France,
A des droits immortels à sa reconnaissance.
Pontifes et guerriers, vous ne l'ignorez pas;
Sage dans les conseils, héros dans les combats,
Deux grands hommes en lui, dépendants l'un de l'autre,
Ne se sont proposés que sa gloire et la vôtre.
Il éteignit le feu des volcans amortis,
Réprima ses vassaux, calma tous les partis.
Avec tous ses voisins la France en harmonie
Parut à la hauteur de ce puissant génie;
Elle admira le chef de ses vaillants guerriers
Et lui remit un sceptre ombragé de lauriers,
Ce beau sceptre que Rome aux grandeurs menaçantes
Avait laissé tomber de ses mains triomphantes.
Elle remit aussi son épée au vainqueur,

Lui confia sa paix, sa gloire et son bonheur,
Et foulant à ses pieds les ligues étouffées,
Fière et majestueuse à l'ombre des trophées,
Elle s'assit. Le choc des vents séditieux
N'a pas encor troublé l'azur brillant des Cieux;
Elle espère en son chef et son chef en sa cause:
Jusqu'à ce jour, semblable au lion qui repose,
Elle va s'éveiller. Son courroux zélateur
Va vaincre et dévorer, non le libérateur
Qui, sauvant les Français des plus affreux désastres,
Éleva tout-à-coup leur gloire jusqu'aux astres;
Non l'émule de Mars, terreur des ennemis,
Favori de la gloire, à ses ordres soumis;
Non l'intrépide chef, qu'au milieu de l'orage
N'abandonna jamais la fortune volage,
Mais ces rois fastueux, pleins d'un stupide orgueil,
Dont le glaive homicide a mis la terre en deuil;
Mais ces brigands fameux dont l'Europe ébranlée
Menace d'inonder la France désolée,
Et ces pestes du temps, lâches conspirateurs,
De criminels discours hardis propagateurs,
Horribles assassins dont les poignards célèbres,
Retirés tout-à-coup du milieu des ténèbres,
Vont frapper les mortels, et sous des noms sacrés
Triompher au grand jour de meurtres entourés.

Il dit, et la fureur aux vipères sanglantes,
Pareille au bruit confus des vagues turbulentes,
Interrompt tout-à-coup le favori de Mars.
Celui-ci, leur lançant de farouches regards,
S'est assis (1). Ordumal, effroi de la patrie,
Anarchiste fougueux qu'enflamme sa furie,

Se lève, et son courroux, pareil au bruit des flots,
A contre tous les rois vociféré ces mots :

Le peuple est tout-puissant; malheur à qui l'offense !
Il peut briser des rois la superbe arrogance;
Les Romains l'ont prouvé. Leur invincible ardeur
Sur de mâles vertus a basé la grandeur.
Ombre du vain pouvoir tu passas devant lui.
Rendez-nous tous Romains, dieux, soyez notre appui ;
Osons fouler aux pieds l'orgueilleux diadème,
Ressaisir pour toujours l'honneur du rang suprême.
Français, courons venger et l'Olympe et nos droits;
C'est à nous de grandir sur la tombe des rois :
Que le peuple guerrier qui nous donna la vie
Reprenne autour de nous sa brûlante énergie,
Il est libre, immortel; est-ce à lui de servir !
Périsse désormais qui voudrait l'asservir !
Oui, si dans ce conseil il se trouvait des traîtres,
Capables en ce jour de nous parler de maîtres,
Qu'à l'aveugle vengeance, au glaive abandonnés,
Du séjour des vivants ils soient exterminés.
Contre le despotisme inventons des supplices :
Que la terreur se montre au milieu des comices;
Que l'instrument de mort partout suive nos pas;
Vous verrez les Français voler dans les combats :
La crainte de souffrir une mort infamante
Des cœurs intimidés chassera l'épouvante,
Les plus lâches soldats deviendront courageux,
Et nos fiers ennemis trembleront devant eux.

Vous croyez-vous encore aux nocturnes mystères,
Vous qui parlez toujours d'instruments funéraires ?

Interrompit Noctar d'un œil étincelant.
Quoi ! rien ne calme en vous l'horrible soif du sang.
Faut-il, pour contenter vos désirs magnanimes,
Égorger sous vos yeux des milliers de victimes.
Sont-ce là les vertus des fiers républicains ?
Ne sont-ce pas plutôt celles des assassins !
Folle perversité ! Malheureux que nous sommes !
Non, ce n'est pas ainsi qu'on gouverne les hommes.
Il faut que la douceur, fille de l'équité,
Unisse la clémence à la sévérité.
La crainte de la mort ne fait que des esclaves,
L'amour de la patrie est le père des braves.
Invoquons cet amour, le seul digne de nous ;
Des maîtres absolus entravons le courroux.
On ne les voit jamais qu'armés de leur tonnerre ;
Les souverains sont nés pour l'effroi de la terre.
Expulsons loin de nous ces tigres dévorants ;
Les sceptres orgueilleux n'ont fait que des tyrans.
Taranis est mon roi, l'univers ma patrie ;
Toute autre dépendance est une idolâtrie.
Est-ce à l'être immortel, est-ce à l'ami des dieux,
Est-ce à nous de fléchir sous un joug odieux ?

A ces mots, comparable au souffle des orages,
Une voix unanime avec des cris sauvages
A fait gémir la voûte et trembler le conseil,
Tel est le bruit du monde au lever du soleil.
Gomer pâlit, s'indigne. Il respire la guerre
Et s'apprête à tirer son large cimeterre.

Ébur se lève alors ; souple, artificieux,
Il sait l'art d'apaiser les mortels furieux,

Et tout à ses desseins, il cache un cœur coupable
Sous l'attrait séducteur d'une éloquence aimable.

Français, dit-il, du zèle évitons les excès;
Les rois se sont ligués au bruit de nos succès:
Ils viennent triompher sur nos cités en poudre
Et dévorer la France aux lueurs de la foudre.
Ils courent envahir le royaume des Francs;
Quelle digue opposer à de pareils torrents?
Quel sera notre espoir dans ce péril extrême?
Le peuple souverain, nos lois, Clovis lui-même.
Le premier, des Français peut enflammer les cœurs,
L'autre peut arrêter les efforts des vainqueurs.
Quels que soient les discours de l'envie animée,
Ame de nos guerriers, son nom vaut une armée.
Si tel est votre vœu, si tels sont vos desseins,
Qu'il soit privé du sceptre illustré dans ses mains;
Mais si pour le succès chacun de vous conspire,
Reprenant aujourd'hui les rènes de l'empire,
Sénat, régnez ici, chef, qu'il règne aux combats
Et guide à la victoire un peuple de soldats:
Rarement à nos preux elle fut infidèle.
C'est en vain qu'elle fuit la volage immortelle,
Nous l'atteindrons, fût-elle aux portes de la mort.
L'art triomphe du temps, la constance du sort.

Ces mots troublent Noctar (2). Ce druïde indomptable
Nourrit pour tous les rois une haine implacable;
En l'honneur des faux dieux, ardent républicain,
Il s'élève, s'indigne et s'exprime en Romain.

Vierge antique, dit-il, liberté fraternelle,

A ton amour sacré pourrais-je être infidèle !
Lorsque ta voix bannit Childéric de ces lieux,
Tu proscrivis aussi les ennemis des dieux;
A la face du Ciel, aux yeux d'un peuple juste,
Je jurai leur trépas sur ton autel auguste.
Clovis de l'encensoir se joue insolemment,
Il méprise les dieux, je tiendrai mon serment.
Enivrés des honneurs, des charmes de la vie,
Soumettez-vous à lui si telle est votre envie;
Pour adorer Clovis, riant de ses noirceurs,
Courbez-vous par degrés sous ses pas oppresseurs.
Qu'il soit de plus en plus fort de votre faiblesse,
Sage de vos excès, grand de votre bassesse;
Rampez, membres honteux d'un sénat égaré,
Sous les indignes lois d'un monarque abhorré;
Esclaves avilis, tremblants à sa parole,
Des noms les plus pompeux décorez votre idole,
Et cachez, s'il se peut, aux yeux de l'univers,
Sous un superbe joug la honte de vos fers.

Pour moi qui, déplorant les malheurs de la France,
Fais chaque jour des vœux pour son indépendance,
Je dédaigne un tel chef et ne veux point de roi;
Le sage est mon idole et sa règle est ma loi.
Je désire qu'un Dieu de son trône sublime
Dirige des héros la vertu magnanime;
Que de sages mortels, vieillards majestueux,
Répriment les écarts d'un peuple impétueux;
Que, sujets quelquefois à l'humaine faiblesse,
Dans le conseil du peuple un sénat le redresse.
Si le sénat manquait aux lois de l'équité,
Qu'il perde sa puissance et son autorité,

Que son cri suppliant demeure sans réponse,
Que la France le juge et que Thémis prononce ;
Le droit de condamner tous ces grands criminels
N'appartient qu'aux arrêts des pouvoirs solennels.
C'est à la voix du Ciel, à la vérité même,
Étrangère à l'orgueil du brillant diadème,
De révéler au monde un forfait ignoré.
Le peuple est son organe et son juge sacré.
A ses représentants, jaloux de ses suffrages,
Lui seul dans chaque bourg par la voix des plus sages
Doit, ainsi que l'objet d'un hommage flatteur,
Signaler de sang-froid le prévaricateur.

Que tous ses députés, rassemblés à sa voix,
Soient cités chaque année au tribunal des lois ;
Que leur conduite alors au grand jour exposée,
D'un peuple véhément l'orgueil ou la risée,
Aux yeux de l'univers éclatant sur leur front,
Éternise pour eux ou la gloire ou l'affront.
La honte retiendra ces puissants mandataires,
Du bonheur des Français zélés dépositaires ;
Tremblant d'être cités demain comme aujourd'hui,
Chacun dans ses vertus trouvera son appui,
Et, sans crainte, on verra leur sublime éloquence
Foudroyer le forfait, protéger l'innocence.
C'est à la renommée, interprète des cieux,
De citer les héros au tribunal des dieux ;
De s'emparer des faits et d'offrir en échange
Le blâme accusateur ou la douce louange.
La vertu, le courage et l'intrépidité
Sont les seuls fondements de notre liberté ;
La vertu qui jamais n'inventa de supplices

Doit siéger au sénat, au milieu des comices ;
Dans les champs où la gloire est sa plus belle fleur,
Elle sut exciter, enflammer la valeur ;
Qu'elle ranime ici l'amour de la patrie,
Notre bonheur sera sa devise chérie ;
Elle seule, volant de cités en cités,
Peut maîtriser soudain les rois épouvantés ;
Sous Taranis, armé de ses foudres terribles,
Faire de nos guerriers des guerriers invincibles,
Commander au succès, triompher des revers,
Et, reine des humains, régner sur l'univers.
Si vous la chérissez, prévenez sa ruine.
Écoutez ce que dit cette vierge divine :
Proclamez à l'instant le peuple souverain,
Il va se réveiller ; vous combattrez demain.

  Au discours de Noctar, dont les guerriers frémissent,
Déjà de tous côtés les prêtres applaudissent,
Et leurs cris sont au loin répétés des échos,
Quand Régnatul (3) se lève et s'exprime en ces mots :
Prêtres et citadins, gloire de la patrie,
Vous qui représentez cette mère chérie,
Les dieux sont offensés, méprisés, dites-vous ?
Clovis a, je l'avoue, excité leur courroux ;
Mais il ne les haît pas : j'en appelle à lui-même,
Il n'a pas à ce point souillé son diadème.
Clovis, j'ose en répondre, aime et chérit les dieux ;
Il ne doit ses erreurs qu'aux chrétiens factieux.
Dans cette occasion, quel parti faut-il prendre ?
Doit-on le condamner, le juger sans l'entendre ?
Pouvons-nous l'expulser sans courir au trépas,
Sans nous perdre à jamais ? Non, je ne le crois pas.

Ennemis de la honte et de la servitude,
Évitons des Romains l'horrible ingratitude ;
N'allons pas au héros digne d'un meilleur sort
Offrir en récompense ou l'exil ou la mort.
Toutefois, dédaignant l'objet de nos hommages ,
Nous avons sur sa tête entassé les outrages ;
Notre libérateur loin de nous accusé
Par ses propres sujets est ici déposé.

Je n'entreprendrai pas , défenseur de sa gloire ,
Le récit des hauts faits que réclame l'histoire ,
Et qu'une des neufs sœurs , pour charmer l'univers ,
Saura bien mieux que moi célébrer en beaux vers ;
Je ne parlerai pas à l'envie importune
Des revers qu'un héros ne doit qu'à la fortune ;
Je ne lui dirai point que le maître des rois ,
Juste appréciateur des immortels exploits ,
A prouvé sans réplique au reste de la terre
Que lui seul peut prévoir les chances de la guerre ;
Que le flegme à ses yeux n'est que timidité ,
La valeur qu'imprudence et que témérité ;
Je ne parlerai point des victoires sans nombre
Que la haine en ces lieux a voilé de son ombre ;
Je ne m'étendrai pas sur ces temps glorieux
Dont les fastes brillants sont encor sous nos yeux ;
Je dirai quel danger menace la patrie ,
Cet objet de nos vœux , cette France chérie ,
Et qu'il faut la sauver au péril de nos jours ,
Dussions-nous des enfers emprunter le secours.
Oui, plein de son amour, à sa cause fidèle ,
Tout Français , né soldat, doit combattre pour elle ,
Braver au nom des dieux les caprices du sort,

Les rigueurs de l'exil, l'infortune et la mort.
Au bonheur général chacun peut être utile,
Mais pour l'effectuer il faut un chef habile.
Clovis a d'un tel chef l'audace et le renom ;
Le salut des Français s'attache à ce grand nom.
Si vous êtes ingrats, soyez-le ainsi que Rome ;
Avant de l'exiler, servez-vous d'un grand homme ;
Avant de prendre en main la hache des licteurs,
Avant de l'immoler, soyez nos bienfaiteurs.
Jusqu'au terme ignoré du flambeau de sa vie,
Admirons un éclat dont s'offusque l'envie ;
Pour les cœurs généreux son règne est un bienfait :
Qu'il vive ; il n'est qu'un pas de l'erreur au forfait.
Qu'il soit chéri de nous l'enfant de la victoire,
Qu'il règne sur nos cœurs, sa vie est notre gloire ;
La patrie en danger réclame notre appui :
Nos soldats et nos preux tous ont les yeux sur lui.
C'est dans l'ordre que gît l'élan patriotique ;
L'un veut la royauté, l'autre la république,
La France la victoire, il n'importe à quel prix.
C'est le veu d'un grand peuple ; entendez-vous ses cris ?
— Je n'entends que les dieux, ne vois que la patrie
Et leur gloire immortelle et leur faveur chérie :
Clovis a dédaigné leurs oracles divins
Et repoussé le sang consacré par nos mains ;
C'est une impiété ; malheur à qui s'y livre :
Qui méprise les dieux est indigne de vivre.
— Il peut se repentir. — Nous n'avons plus de roi,
Il tombe devant nous foudroyé par la loi.
Il a rompu le pacte, et ce sanglant outrage
Aux yeux des immortels du serment nous dégage.
Leur bras est désormais notre unique soutien ;

Les dieux sont tout pour nous et le reste n'est rien.
Venez et révérant leur puissance adorée,
Allons nous dévouer à leur cause sacrée.
A ces mots, vers l'autel, sans tumulte et sans bruit,
Noctar se met en marche et la foule le suit.

Il est parmi les bois, les forêts druïdiques
Un lieu cher en tous temps aux visions magiques,
Et qui paraît le jour aux voyageurs errants
Éclairé de reflets pâles, faibles, mourants,
Pareils à ceux qu'au sein des terreurs infernales
Jettent autour des morts les lampes sépulcrales;
Les chênes, les sapins, les hêtres, les ormeaux,
Dont ni foudre ni fer n'ont brisé les rameaux,
Formant de leur feuillage une ombre funéraire,
Des figures des dieux couvrent le sanctuaire,
Simulacres affreux de blocs déracinés,
De troncs d'arbres vieillis et sans art façonnés.
L'eau filtrée à travers les antiques branchages
Peint d'humides couleurs ces livides images,
Que rongent le lichen et la mousse du Franc,
Semblables à la lèpre au chancre dévorant.

Là le Gaulois levant son orgueilleuse tête
Suspendit les colliers, enfants de sa conquête;
Là, pareils à Platon, comme lui revêtus
De la tunique blanche, emblème des vertus,
Les druïdes, parés d'un éclat magnifique,
De la faucille d'or et du spectre magique,
Qu'embellit le croissant des sages de Tiflis,
Ou des prêtres du Gange et d'Héliopolis,
Le front ceint de verveine où l'étoile repose,

Symbole de la gloire et de l'apothéose,
Vont avec un respect, un soin religieux,
Cueillir le gui sacré que jadis nos aïeux
Appelaient le rameau des spectres, des fantômes,
Le vainqueur des poisons et le sauveur des hommes.

C'est là qu'à leur signal bravant les cris plaintifs,
Le sacrificateur immole les captifs,
Emplit, tigre insensible à leurs horribles peines,
Les figures d'osier de victimes humaines,
A Theutatès, Ésus, d'un air mystérieux,
Les dévoue et les brûle en l'honneur de ces dieux.
Le sang coule et rougit au milieu des ténèbres
La terre épouvantée et les autels funèbres,
Ou les pieds des ormeaux tortueux et rampants
Sont pris par la terreur pour d'énormes serpents.

Le Gaulois qu'a soumis ce culte formidable,
Glacé par la terreur, innocent ou coupable,
Pâlit et craint déjà de rencontrer les dieux
Qu'il vient pour adorer dans ces sauvages lieux;
Pour fléchir les auteurs de ces lugubres scènes,
Esclave infortuné, les bras chargés de chaînes,
Décoloré, tremblant, croyant voir le trépas,
Il s'avance et frémit au seul bruit de ses pas.
Les cheveux hérissés, troublé de ce silence,
L'œil presque éteint, son cœur bat avec violence,
Une froide sueur coule de tout son corps
Et semble de son âme user tous les ressorts.
Tombe-t-il ? le respect, la peur le lui commandent.
Veut-il se relever ? ses dieux le lui défendent.
De l'enceinte sinistre où l'égare sa foi

Il fuit comme un reptile en palpitant d'effroi,
Et rampe, à la faveur des ombres menaçantes,
Parmi les ossements, les bruyères sanglantes.
Sous cette ombre lugubre, où jamais on n'entend
Ni le vol des oiseaux, ni le souffle du vent,
Du sein de la forêt, muette et dévorante,
Où coule sans murmure une onde pestilente,
Souvent avec un air infect, cadavéreux
Sortent des cris perçants, des hurlements affreux.
Un tumulte infernal et des voix inconnues
S'échappent de la terre et traversent les nues,
Et tout-à-coup succède, image du trépas,
L'horreur d'un long silence à l'horreur du fracas.

　La nuit, de cette immense et sombre solitude
Fuyait; grâce à l'Enfer, superbe multitude,
Les arbres devenaient comme autant de flambeaux,
Et sans se consumer redressaient leurs rameaux.
A ces branches de feu, belles, éblouissantes,
S'attachaient en riant des chimères brillantes,
Mille monstres aîlés, aigles, femmes, lions,
Des cérastes impurs, de hideux scorpions.
Des spectres enfantés par l'humide poussière,
Des fantômes errants sur un fond de lumière
Apparaissaient. Enfin le bois qui s'éteignait
Dans une affreuse nuit soudain se replongeait.

　C'est de cette forêt ténébreuse et sacrée
Que s'approchent Noctar et la foule égarée;
Tout-à-coup, le front ceint du bandeau radieux,
Il invoque en ces mots le pouvoir de ses dieux :

Dans ce bois où tout sent votre auguste présence,
Étalez vos grandeurs, votre toute-puissance
Aux regards effrayés, sur vos sanglants autels;
Brillants, majestueux, descendez, immortels.
Teutatès, Niorder, Dis qui lances la foudre,
Avant que les méchants ne rentrent dans la poudre,
Inexorables dieux, venez, accourez tous
Faire éclater sur eux votre juste courroux.

Et vous, vaillants guerriers, pour expier nos crimes
Sur le fer des bourreaux, dans le sang des victimes,
Au nom de la patrie, à la face des Cieux,
Jurez haine aux tyrans, obéissance aux Dieux.

Il dit, et du milieu de ces autels terribles
Sortent au même instant des hurlements horribles;
Le front de Teutatès, d'un aspect menaçant,
Aux yeux des spectateurs semble suer le sang.
La flamme des Enfers s'exhale de sa bouche,
Un homicide feu sort de son œil farouche;
De lumineux géants, de rapides éclairs
Dans la profonde nuit ont sillonné les airs.
Au fracas du tonnerre, au souffle des orages,
La foudre en longs serpents déchire les nuages;
Point de pluie; il n'en sort que des monstres ailés,
Des larves furieux de l'abîme envolés.
Tout tremble, tout frémit dans la forêt profonde;
Les chênes, les sapins aussi vieux que le monde,
Résistant à l'effort des vents impétueux,
Inclinent à regret leur front majestueux,
Couronné de dragons, de spectres, de fantômes,
Échappés à grand bruit des ténébreux royaumes.

De leurs rameaux touffus il semble à tous moments
Sortir des sons plaintifs, de longs gémissements.

A cet aspect hideux de l'Enfer en personne,
Le pâle citadin d'épouvante frissonne,
Et l'apprêt menaçant d'un sacrifice affreux
Sur son livide front fait dresser les cheveux.
Ce cri du fanatisme alors se fait entendre :

Sur son autel sacré Teutatès va descendre,
Il faut du sang humain pour apaiser les dieux.
Noctar a dit ; soudain les bourreaux furieux
Sont armés. Dix enfants, victimes innocentes,
Sont arrachés des bras de leurs mères tremblantes,
Et sur l'autel de pierre à leurs yeux égorgés. (4)

Enfin nous triomphons ; dieux, vous serez vengés.
Je découvre, je lis dans le sang des victimes
La chûte des tyrans, l'expiation des crimes.
Il est temps, dit Noctar, guerriers, approchez-vous ;
Approchez, ou des dieux redoutez le courroux.
Jurez obéissance aux lois de la patrie,
Aux vengeurs immortels d'une terre chérie :
Sur les flancs entr'ouverts de ces corps expirants,
Jurez l'expulsion et la mort des tyrans.

Alors, environné de honteux satellites,
A la cour des héros, aux combats des Thersites,
L'œil tourné vers les Cieux et la main dans le sang,
Noctar a le premier fait l'horrible serment.
Vers l'effroyable autel, dans un morne silence,
Les cheveux hérissés, avec lenteur s'avance

La foule épouvantée. Elle a contre son roi
Proféré la sentence en reculant d'effroi ;
Alors brille, entouré de sorciers, de furies,
Rendant le Ciel fauteur de noires barbaries,
Le terrible Noctar, pareil à Lucifer,
Invoquant Arimane aux portes de l'Enfer ;
Alors, aux cris affreux des horribles prêtresses,
Courant de tous côtés ainsi que des tigresses,
Les yeux étincelants et les cheveux épars,
La foudre en longs circuits brille de toutes parts,
Roule dans l'étendue, et la terre ébranlée
S'agite sous les pas de l'horrible assemblée,
Qui, pleine de frayeur, dans la profonde nuit,
Aux lueurs des éclairs, se dissipe et s'enfuit.

Ainsi dans leurs forêts au jour impénétrables,
Les fanes, des Germains prêtresses exécrables,
A la faveur des nuits, à la lueur des feux,
Célébraient à grands cris leurs mystères affreux.

Cependant la frayeur qu'inspire l'assemblée,
Aux portes du palais déjà s'est envolée ;
Régnatul et Gomer à Clotilde en ces mots
Ont des conspirateurs révélé les complots :

Princesse, dit Gomer, la terreur est en France,
L'encensoir, abusant de sa grande puissance,
Pour usurper la gloire et le sceptre des Francs,
S'est armé contre nous de ses feux dévorants ;
Contre le fils des rois et sa race chérie
Il invoque à grands cris les dieux de la patrie.
Irrité du mépris qu'il a pour leurs autels,

Cette nuit, par des vœux, des serments solennels,
Noctar l'a déposé. Sa superbe arrogance
A proscrit de son roi l'amour et la vaillance;
Enfin tous ont juré sur des corps expirants
L'expulsion des rois, la chûte des tyrans.
Ils veulent, m'a-t-on dit, au défaut de nos braves,
Pour la cause du Ciel, soulever les esclaves.
Tout s'apprête et demain, plus puissants que les flots,
Ils vont faire éclater leurs ténébreux complots;
Paris de leurs exploits sera l'affreux théâtre.
Séduits par leurs discours, une foule idolâtre,
Leurs soldats, enhardis par les premiers succès,
Vont se porter bientôt à d'horribles excès.
Ils vont de ce palais... Que sais-je si leur haine
N'osera pas.... Grands dieux !.. Fuyez, auguste reine,
Évitez-leur un crime... Il est d'affreux malheurs...
Écoutez nos soupirs et croyez en nos pleurs ;
Princesse, abandonnez ce dangereux rivage,
Soumettez-vous au temps et cédez à l'orage.
Prêts à braver pour vous l'exil et le trépas,
Vos fidèles sujets partout suivront vos pas.
Ah ! que ne ferait point notre audace enflammée
Si dix preux seulement commandaient notre armée !
Que ne ferions-nous pas si, fiers de leurs serments,
Tous étaient animés des mêmes sentiments !
Pourquoi suis-je courbé sous les glaces de l'âge !
Ah ! si ma force encore égalait mon courage,
Si le Ciel me rendait ma première vigueur,
D'un odieux arrêt méprisant la rigueur,
Certain d'orner mon front de palmes immortelles,
J'affronterai pour vous des milliers de rebelles.
Mais que peuvent, hélas! de timides guerriers,

Excités aux combats par de vieux chevaliers !
Que peuvent aujourd'hui pour Clotilde et la France
La vieillesse glacée et l'inexpérience !
S'il ne fallait pour vous que combattre et mourir,
Au-devant du danger vous nous verriez courir.
Mais il faut vous sauver, vous, notre ange de paix,
Les délices, l'amour, la gloire des Français,
Vous d'un prince adoré la compagne fidèle,
Vous d'un sexe chéri l'orgueil et le modèle;
Ah ! la fuite nous reste et seule peut encor
Conserver à la France un si rare trésor.

— Guerriers, vous me voyez sensible à votre hommage,
Mais je ne quitte point ce glorieux rivage ;
Moi, femme de Clovis, moi fuir... Y pensez-vous ?
Non, je saurai mourir digne d'un tel époux.
Son grand cœur de l'état m'a confié les rènes,
Il déposa sur nous ses grandeurs souveraines ;
Je dois justifier de si hautes faveurs :
Mon âme doit du sort affronter les rigueurs.
Contre l'ordre du Ciel que peut la violence !
Qu'ai-je à craindre après tout; Dieu protège la France.
Sous ta garde, Seigneur, j'habite ce palais ;
Qui se confie en toi ne périra jamais.
Mais si tout doit fléchir, si ta justice ordonne,
A ta sévérité mon âme s'abandonne.
Sont-ce des châtiments, je dois les supporter;
Sur la terre, en quels lieux puis-je les éviter !
Où me cacher, où fuir la colère céleste !
Au-dehors, dans nos cœurs elle se manifeste.
Je ne partirai point, je brave les faux dieux;
Celui qui me protège est ici comme aux Cieux.

Ces mots à peine dits, l'oracle de la France,
Geneviève à l'instant vers la reine s'avance.

Grande reine, écoutez les vœux de vos guerriers;
Rendez-vous aux désirs de vos preux chevaliers.
Sauvez en vous sauvant la majesté du trône,
Prévenez un forfait, fuyez, le Ciel l'ordonne.
Vos jours sont menacés; reine, songez à nous,
Aux lis, à vos enfants, à votre auguste époux.
L'honneur sait au courage allier la prudence;
Conservez votre vie, elle est chère à la France.
Fuyez, au nom du Ciel, l'Enfer qui vous poursuit;
Partez à la faveur des ombres de la nuit.
L'Archange glorieux que l'univers admire,
Et qui sur les démons exerce son empire,
En songe, hier m'a dit : Rendez-vous à Paris,
Allez trouver la reine et calmez ses esprits;
Qu'elle parte et se rende, à l'Éternel soumise,
Des rives de la Seine aux bords de la Tamise.
D'Arthur, roi d'Albion, j'ai réuni les preux;
Clotilde obtiendra tout de ce roi généreux.
Allez. Tel est l'arrêt de l'arbitre du monde,
Qui régit à son gré les Cieux, la terre et l'onde.
De sa route, à ces mots, mesurant la hauteur,
L'Archange est remonté vers son sublime auteur.

Clotilde, à ce discours de douleur accablée,
Élève vers le Ciel son âme désolée,
Se résigne à partir et s'exprime en ces mots :

O palais de Clovis, où siègent tous les maux !..
C'en est fait, le respect a fait taire la plainte;

La règle de mon cœur est ta volonté sainte :
Je pars, guide ta fille , ô mon céleste Roi.
Qu'ai-je à craindre, ô mon Dieu, si je suis avec toi !
Ah ! tandis que s'enfuit l'éclair de nos années ,
Veille sur ce grand peuple et sur nos destinées ;
Écarte de nos fronts ces nuages épais ,
Et reçois-nous au sein de l'immortelle paix.

    Adieu, Lutèce, adieu, berceau de mon enfance.
Délicieux pays, Gaule, superbe France ,
Citadins et guerriers, mon invincible époux,
Combien de temps encor serai-je loin de vous !

    Elle dit, et baissant ses yeux baignés de larmes,
Elle songe à quitter des lieux si pleins de charmes.
Pour un départ si prompt, de Dieu favorisé,
Tout étant résolu, convenu, disposé,
Elle prend dans ses bras le fils de sa tendresse,
Dont l'innocent amour lui sourit, la caresse,
Et sort avec les siens , au milieu de la nuit,
De l'antique palais que César a construit.

    La reine, de Paris se fait ouvrir les portes ,
Alors pour la saisir deux farouches cohortes
S'élancent. Mais son front, rempli de majesté,
Enchaîne leur audace et leur férocité :
Ils ont perdu la voix, un songe les abuse ;
On dirait qu'ils ont vu la tête de Méduse.

    Téméraires, je suis femme de votre roi ;
Qui de vous oserait mettre la main sur moi ?
Elle a dit. Les brigands, ainsi que des reptiles

A l'aspect du soleil, sont restés immobiles
De surprise, d'amour et d'admiration;
De même qu'une meute à l'aspect du lion
S'arrête. Ainsi courant, la troupe forcenée
Par un charme divin semble comme enchaînée;
Un coup-d'œil les soumet. La royale beauté
Passe, pleine d'audace et d'intrépidité,
Et sans hâter le pas Clotilde est au rivage,
Avant que de leurs sens ils n'aient repris l'usage.

Le départ de Clotilde avait été prévu;
L'aimable Providence à sa fuite a pourvu.
De festons couronnée aux rives de la Seine,
Une barque légère attend l'auguste reine.
Aux objets que fuyait la vague obscurité,
La lune tout-à-coup dérobe sa clarté,
Tout tremble et l'aquilon soufflant sur les campagnes
Renverse les sapins du sommet des montagnes.
La cité de Paris semble, dans son malheur,
Aux échos d'alentour témoigner sa douleur.

Du crime cependant, plein d'une horrible joie,
Légère au bruit des vents fuit l'innocente proie.
La reine que tu suis, chaste et fidèle amour,
Avec ses chevaliers et sa brillante cour
Se place dans la barque, et, fidèle au grand Être,
Jette un dernier regard aux lieux qui l'ont vu naître;
Elle part : de Paris le rivage attristé
Semble fuir derrière eux avec rapidité.
L'esquif qu'aide la rame et que le vent seconde
Fend avec majesté le vaste sein de l'onde,

Et, jaloux d'échapper aux outrages du sort,
Entre à Rothomagus et surgit dans le port.

Cette ville sourit à l'auguste princesse;
La côte à son aspect pousse un cri d'allégresse,
Et l'esquif, éclairé des premiers feux du jour,
Étale avec orgueil l'objet de leur amour.
Aux regards attendris du peuple qui l'admire,
Clotilde avec les siens monte à bord d'un navire;
Sensible, elle sourit avec joie et bonté
Aux acclamations de la fidélité,
Et ses yeux qu'ont séduit un si charmant rivage,
L'ont salué deux fois. Cependant sur la plage
On pleure, et ce vaisseau que l'œil cesse de voir
Emporte sur les mers leurs vœux et leur espoir.
Du fleuve gémissant la rive désolée
Frémit. Des champs français la sagesse exilée
S'éloigne. Amour, beauté s'échappent de ces lieux,
Un immense horizon les dérobe à leurs yeux;
Le doux nom de Clotilde est d'une voix plaintive
Redit par les échos de cette double rive.
Rendez cette princesse au royaume des lis,
Aquilons, respectez l'épouse de Clovis.
De la reine des cœurs éloignez les tempêtes;
Foudres, carreaux brûlants qui grondez sur nos têtes,
Fuyez à son aspect. Mer, abaisse tes flots,
Seconde les efforts des bruyants matelots;
Ne l'abandonnez pas sur les humides plaines,
Zéphirs, caressez-la de vos douces haleines;
Entourez de parfums la fille de nos rois,
Apportez-lui les sons des angéliques voix;
Protégez, conservez, embellissez la vie

Du dépôt qu'en ce jour la France vous confie,
Et ramenez bientôt comme un gage de paix
Cet ange, le plaisir, le bonheur des Français.

Tels furent les adieux prononcés sur la plage,
Et qu'amour répéta le long de ce rivage.
Au doux son de sa voix, la nymphe des forêts
Accourt au bord du fleuve exhaler ses regrets;
La Naïade, troublée en ses grottes profondes,
S'élève l'œil en pleurs sur le miroir des ondes.
Ses mains de la princesse atteignent le vaisseau,
Le poussent loin des bords et sous un ciel nouveau.

Adieu, cité célèbre, et vous, côtes de France,
Dit Clotilde, et la proue au sein des mers s'avance;
Le rapide vaisseau glisse comme un géant
Sur les vastes déserts de l'antique Océan.
Des diamants sortis de ses bleuâtres ondes
Semblent étinceler sur ses voûtes profondes;
A l'éclat merveilleux des aquatiques fleurs,
La pourpre a marié ses brillantes couleurs;
L'air est pur et serein. Dans l'azur de ses plaines
Les vents impétueux retiennent leurs haleines.
Le volage Zéphire au souffle parfumé
Règne et donne à Clotilde un visage animé;
Les monstres, habitants de ce liquide empire,
La cour du dieu des mers la contemple et l'admire;
La foule des tritons, des loups, des veaux marins,
La pesante baleine et les joyeux dauphins,
Jaloux de rendre hommage à l'auguste princesse,
Y viennent dissiper sa profonde tristesse;

Sillonnent fièrement les abîmes des mers ,
Et font , en se jouant , bondir les flots amers.

Pour charmer les ennuis de cette traversée ,
Assise sous un dais , la paupière baissée ,
Clotilde , à son Emma prodiguant les avis ,
Lui racontait ainsi les amours de Clovis :

Un jour que je sortais , jour qui me semble un rêve ,
De la superbe tour du palais de Genève ,
Pour aller dispenser, loin des jeux et des ris ,
L'aumône accoutumée à mes pauvres chéris ,
J'aperçus dans la foule, au lever de l'aurore , ·
Sous de tristes haillons dont la vertu s'honore ,
Un inconnu : ses traits , son air affectueux ,
Ses regards expressifs , son front majestueux ,
Mieux que ne l'auraient fait et la pourpre et l'hermine ,
Décelaient , malgré lui , son illustre origine.
Désirant épargner à sa noble amitié
Les pénibles accents d'une injuste pitié ,
Que repousse en secret une fierté sublime ,
Du malheur imprévu , déplorable victime ,
A l'heure où la prière a monté vers les Cieux ,
Je lui dis qu'il pouvait se montrer à mes yeux.

Aux portes du palais que fuit la foule heureuse ,
Déposant son bâton , sa chaussure poudreuse ,
Aurelien , c'était l'envoyé de mon roi ,
Est, à l'heure indiquée , introduit près de moi.
Il se jette à mes pieds dans un profond silence ,
Dévoile à mes regards l'anneau du roi de France ,
Et , parlant à mon cœur , interrogeant mes yeux ,

M'expose le sujet qui l'amène en ces lieux.
— Si, dis-je en rougissant, par un noble hyménée
Clovis veut à mon sort unir sa destinée,
J'y consens; mais il faut que, soumis à sa loi,
De la terre et des Cieux il adore le roi;
Que, promettant d'unir les actes aux paroles,
Il renonce à jamais au culte des idoles;
Que ma foi de ses yeux arrache le bandeau,
Ce n'est qu'à ce seul prix que j'accepte l'anneau.

Tel fut d'Aurélien l'audacieux message.
Gondebaud, de Clovis admirant le courage,
Et redoutant les coups d'un vengeur inhumain,
Ne crut pas qu'il fût sûr de refuser ma main
Au roi qui menaçait, a dit la renommée,
De venir me chercher en tête d'une armée.
Clovis fut agréé. Je le vis à ma cour;
J'abandonnai pour lui ce funeste séjour,
Ce palais qui toujours m'inspira tant d'alarmes,
Ce palais... Recevez le tribut de mes larmes,
Chers auteurs de mes jours que, presque sur mon sein,
Mes yeux virent tomber sous le fer assassin.
Pardonne, dieu d'amour, à leur fille chérie,
D'avoir en la quittant ravagé sa patrie,
C'était... mais la vengeance, ô mon céleste Roi,
Est défendue à l'homme et n'appartient qu'à toi.
J'ai seule à mon époux conseillé l'incendie;
Malheureuse, à tes yeux je me suis enlaidie.
L'homme juste aux méchants rend le bien pour le mal;
Toutefois, en faveur de l'amour filial,
Seigneur, faites-moi grâce à mon heure dernière.
Elle dit, et les pleurs inondent sa paupière.

A des objets plus doux voulant la rappeler,
Emma, par ses accents, cherche à la consoler.
La reine lui répond par un tendre sourire,
Et le couple charmant se contemple et soupire.
C'est au milieu des nuits la sublime douleur,
Les grâces et l'amour s'unissant au malheur.

Cependant Velléda, par les démons instruite,
De la reine des Francs vient d'apprendre la fuite,
Tandis qu'en ce moment, sur le trône des airs,
Son œil passionné ne voit dans l'univers
Que le sceptre et Clovis dont son âme est éprise,
Son auguste rivale entre dans la Tamise.
Son courroux qui de loin la cherche sur les flots,
Distingue le navire et s'exhale en ces mots :

Où t'enfuis-tu, dit-elle, en secouant la tête ?
Rien ne peut te sauver des coups de la tempête ;
L'Enfer te suit. Le Ciel s'est déclaré pour nous :
Ta rivale triomphe et tu n'as plus d'époux.
Pour la dernière fois, sous les yeux du grand Être,
Contemple ce pays, le sol qui te vit naître,
Ils n'apparaîtront plus à tes regards charmés :
De la France à jamais les ports te sont fermés.
Pour toi, plus de plaisirs, de paix ni de patrie,
Tu mourras loin des bords d'une terre chérie ;
Cette île va t'ouvrir un abîme sans fond :
Ma haine l'a juré ; Lucifer m'en répond.
A ces mots dans les airs la fière enchanteresse
Monte et lance son char vers les murs de Lutèce.

FIN DU CHANT DIX-HUITIÈME.

(Voyez les notes au verso.)

NOTES DU SEIZIÈME CHANT.

(1) M. Paillet de Plombières, dont je parlerai dans la quatrième note, se trompe lorsqu'il dit que je ne puis pas emprunter Arimane à la mythologie indienne. Pourquoi le génie du mal ou le péché ne pourra-t-il pas dans les enfers figurer sous ce nom, lorsque Satan et ses anges figurent dans les Gaules sous le nom de Teutatès, de Taranis, d'Odin, de Fréya, d'Astarté, etc.

(2) Ourania, Uranie : c'est elle que les anciens appelaient la Vénus céleste.

(3) Un être, quelque grand qu'il soit, est un néant auprès de l'infini. Car s'il était quelque chose, on pourrait, en le multipliant un grand nombre de fois, arriver à l'infini ; ce qui n'est pas possible, attendu que celui-ci n'a ni commencement ni fin, de bornes d'aucun côté, et que rien ne saurait lui être ajouté ni retranché.

(4) Ce vers et les suivants sont attribués à Satan par l'Eternel, parce qu'il les a lus dans son cœur, quoique sa bouche ne les ait pas proférés. Aussi se sert-il de ces mots : « Tu dis dans ton orgueil. » Ces vers, qu'un homme de lettres a trouvés admirables, certainement ne le seraient pas s'ils étaient déplacés comme il a voulu le prouver. Ce critique est M. Paillet de Plombières, auteur d'un épître et d'un poème très-remarquable intitulé *Régulus*. Il se trouvait dans une soirée littéraire où je lisais le seizième chant de mon épopée. Là était présent M. Lafond, le célèbre rival de Talma, qui s'est hautement déclaré l'admirateur de la *Clovisiade*; dans ce lieu, où n'avait pu se rendre M. Caille, célèbre avocat de la cour royale, qui place cet ouvrage sur la même ligne que la *Jérusalem délivrée*, je fus attaqué par M. Paillet, qui, après avoir admiré avec l'assemblée l'énergie du discours de Satan et celui de l'Eternel, trouva une partie du dernier déplacé, quoiqu'il ne le soit pas, comme je l'ai prouvé, et les discours des démons trop longs, quoiqu'ils soient tels qu'ils doivent être, ainsi que je le prouverai dans une dernière analyse. Ainsi M. Paillet, par sa censure, n'a démontré qu'une vérité, c'est qu'on peut être bon poète et mauvais critique.

NOTE DU DIX-SEPTIÈME CHANT.

(1) Un saint personnage de la primitive Eglise disait: « Aujourd'hui les prêtres sont d'or et les calices de bois; il viendra un temps où les calices seront d'or et les prêtres de bois. Il est encore des prêtres d'or ; témoins un grand nombre de membres du clergé français ; témoin le clergé de Paris, remarquable pas son zèle pour le salut des âmes et son dévouement dans le service des malades atteints par le choléra. Voilà de quelle manière il se venge des calomnies, des outrages et des amertumes dont on l'abreuve. Telle a toujours été la conduite du véritable chrétien.

C'est dans l'adversité que brille la vertu.

NOTES DU DIX-HUITIÈME CHANT.

(1) Noctar est l'anagramme de Carnot.

(2) Orddumal est l'anagramme de Dumolard, le fougueux conventionnel.

(3) Regnatul est l'anagramme de Régnault.

(4) C'est alors qu'un barde de la secte des druides chante sur la harpe un appel aux peuples des Gaules. Il est imprimé séparément; on le trouve chez M. Hivert, quai des Augustins, chez Briauté, passage Choiseul, et chez les marchands de nouveautés.